Der Wehrdienst

Martin Puch leistete seinen 10-monatigen Grundwehrdienst vom 01.09.2000
bis zum 30.06.2001 im gemischten Lazarettregiment 11 (Heer) in Fürstenau

Martin Puch

Der Wehrdienst

Als Held des Vaterlandes zwischen Kampf und Krampf

10 Monate unterwegs im Namen des Volkes ...

Fragen, Anregungen und Kritik zu diesem Buch können Sie unter der Nicht-Zufrieden@gmx.de „lautstark" Luft machen. Obwohl ich grundsätzlich gerne Post kriege, anbei die kleine Bitte an die „Komma-Freaks", meinen Mailserver nicht zu überfluten, denn

Fehler passieren!

Fehler sind normal!

Fehler machen uns menschlich!

Heißt das, ich bin kein Mensch!? ;-)

Bibliographische Information der Deutschen Nationalbibliothek:
Die Deutsche Nationalbibliothek verzeichnet diese Publikation in der
Deutschen Nationalbibliographie; detaillierte bibliografische Daten
sind im Internet über http://dnb.dnb.de abrufbar.

Bibliographic information published by the Deutsche Nationalbibliothek:
The Deutsche Nationalbibliothek lists this publication in the
Deutsche Nationalbibliografie; detailed bibliographic data
are available in the Internet at http://dnb.dnb.de.

ISBN 978-3833408526

Inhaltsverzeichnis

Vorwort

Die nachfolgenden Schilderungen sind dazu gedacht, dem Lesenden einen möglichst authentischen Einblick in den (möglichen) Alltag eines Grundwehrdienstleistenden zu vermitteln. Dieser Einblick wird vorwiegend für Leute im entsprechenden Alter interessant sein, deren Entscheidung zwischen Wehr- und Zivildienst in naher Zukunft ansteht, aber natürlich generell auch für jedermann sonst, der (oder die!) einfach schon immer mal wissen wollte, wie es hinter den Kulissen von Deutschlands „Vaterlandsverteidigern" so aussieht.

Ich bitte zu entschuldigen, dass die Schilderungen an einzelnen Stellen sehr deskriptiv gehalten wurden, doch nur so war eine realistische Darstellung möglich!

Ursprünglich waren die Aufzeichnungen einzig und allein für mich als Erinnerung geplant. Erst Interessensbekundungen aus dem Familien- und Bekanntenkreis ließen mich bei der Verschriftlichung darauf achten, dass das Endprodukt auch für die Allgemeinheit verständlich wäre (hoffentlich!!).

Ich möchte mit meinen Berichten keinem der Kameraden, mit denen ich während meiner Grundwehrdienstzeit zu tun hatte, zu nahe treten. Wenn ich mich einmal negativ geäußert haben sollte, ist das nicht persönlich zu werten, sondern dient lediglich der möglichst realistischen Darstellung der entsprechenden Situation. In dem Zusammenhang sollte betont werden, dass ich mit keinem der „Uniformträger" im „Clinch" auseinandergegangen wäre.

Während meiner Ausführungen bin ich dem Datenschutz nach bestem Wissen und Gewissen nachgekommen.

Ergänzung zu dieser Neuauflage: Einiges in diesem Buch würde ich heute, mit Stand 2014, so nicht mehr schreiben. Inzwischen sehe ich z.B. durchaus Vorteile in der nun abgeschafften Wehrpflicht und würde auch die Aussage, „von Freunden umgeben zu sein", höchstens mit einem sarkastischen Grinsen wiederholen. Dennoch habe ich diesbezüglich keine inhaltlichen Korrekturen vorgenommen, um die (eingeschränkte) Sichtweise des jungen Mannes, der ich damals war, als Zeitzeuge während der Jahrtausendwende in authentischer Form zu erhalten.

Eine letzte Anmerkung noch für die ebook-Leser: Leider habe ich auf die Gestaltung / das finale Layout des ebooks keinerlei Einfluss, bitte entschuldigen Sie daher etwaige sonderbar anmutende (Text-)Formatierungen und/oder Absätze, Einzüge, etc.

Fast jeder wird sie kennen, die bekanntesten aller „Militärgesetze":

... Nach dem Untergang der Sonne hat der Soldat zunehmend mit Dämmerung zu rechnen ...

... Ab Wassertiefen von mehr als 1,20 Metern beginnt der Soldat selbständig mit Schwimmbewegungen. Die Grußpflicht entfällt hierbei ...

... Beim Erreichen des Baumwipfels stellt der Soldat selbständig die Kletterbewegungen ein ...

Wer das lustig findet, dem sei gesagt: Die Realität ist viel schlimmer!

B.U.N.D.

Bei Uns Nicht Denken!!!

1. Abkürzungen

Bei der Bundeswehr werden feststehende Militärbegriffe, soweit möglich, abgekürzt. Zum besseren Verständnis daher hier die gängigsten benutzten Abkürzungen, wobei die meisten lediglich eine Aneinanderreihung von Silben – bzw. deren Anfangsbuchstaben – der Originalwörter sind (z.b. SanSold = Sanitätssoldat).

AGA: Das vielleicht „Schlimmste" am ganzen Bund: Die „Allgemeine Grundausbildung", mit der der Wehrdienst beginnt!

ATN: „Ausbildungs- und Tätigkeitsnachweis". Beim Bund wird man, je nachdem in was für einer Einheit man landet, auf die verschiedensten Lehrgänge geschickt. Man kann bei deren Abschlussprüfungen durchfallen – aber natürlich eventuell auch bestehen! Im letzteren Fall wird dem Soldaten für das Bestehen die ATN des jeweiligen Lehrgangs zuerkannt.

BFD: „Berufsförderungsdienst". Um die Berufschancen für die Zeit nach dem Wehrdienst zu erhöhen, steht es jedem Grundwehrdienstleistenden frei, an speziellen berufsfördernden Maßnahmen teilzunehmen. Der Bund gewährt hierfür bis zu 5 Tage Sonderurlaub. Außerdem werden anfallende Kosten bis zu einem Wert von etwa 1.300 DM (~ 665 €) übernommen.

Bw: Heißt nicht „Baumwolle", wie im Zivilleben allgemein bekannt, sondern „Bundeswehr".

BWK: „Bundeswehrkrankenhaus". Eine etwas größere Sanitätseinrichtung der Bundeswehr, vergleichbar mit einem zivilen Krankenhaus.

DA: Direkt nach EU (siehe dort) das zweitschönste Wort: „Dienstausgleich". Leistet ein Soldat über die normale Arbeitszeit hinaus zusätzlichen Dienst, wird ab gewissen Zeitintervallen ein Ausgleich gewährt. Normaler Tag: Dienst von 7:00 – 17:00 = 10 Std. Von 12 – 16 Std. Dienst / Tag spricht man von einem halben, bei Dienst von 16 – 24 Std. / Tag von einem vollen Anrechnungsfall (AF). Ein halber AF bedeutet: + 0,5 Tage Urlaub oder etwa 6 € mehr Kohle. Ein voller AF bedeutet + 1 Tag Urlaub oder alternativ 12 € extra. 12 € für volle 14 Std. extra arbeiten klingt doch wohl mehr als fair, oder? Nicht, dass es im Zivilleben gewisse Zuschläge gäbe, für Leute, die zu solch unmöglichen Zeiten Dienst schieben müssen ...

DZE: Ein Wort, das während unseres Wehrdienstes zunehmend an Bedeutung gewann, stand es doch sozusagen für unsere endgültige Erlösung: „Dienstzeitende"!!!

EA: Manche Kameraden lernen's nicht. Sie bleiben dem Dienst unentschuldigt fern und sind daher „eigenmächtig abwesend". Am ersten Tag des unentschuldigten Fehlens wird die zuständige Einheit versuchen, den Kameraden zu kontaktieren. Hat sie nach drei Tagen damit noch keinen Erfolg, gilt der Fehlende als „fahnenflüchtig", und wird auf die Fahndungsliste der Feldjäger (Polizei der Bundeswehr) gesetzt. Diese fahnden aktiv im gesamten Bundesgebiet nach dem „Flüchtigen". Haben die Feldjäger den Vermissten 21 Tage vom Zeitpunkt des ersten Fehlens an noch nicht gefunden, gilt dieser automatisch als vorbestraft(!) mit Konsequenzen für dessen späteres ziviles Leben. Also Leute – lasst den Blödsinn, zumal er außer Ärger (und davon reichlich) sowieso nichts bringt!

EU: Klingt wie Europäische Union – ist jedoch der hoch geschätzte „Erholungsurlaub"!

Gezi: „Geschäftszimmer". Praktisch ein Sekretariat innerhalb einer Kompanie.

GWDL: „Grundwehrdienstleistender" – also WIR, die dämlichen, unfähigen, nichtsnutzigen Taugenichtse, Idioten, Deppen, Fußabtreter, Mädchen für alles, Besserwisser, Chaoten, ... Die besten Möglichkeiten, einen „GWDLer" (in zivil) zu erkennen: 1.) Vor dem Kino oder wo immer sonst er in einer Schlange warten muss, wird er betont gerade und aufrecht stehen und sich außerdem nie an Wänden o.ä. anlehnen. 2.) Die Hände sind grundsätzlich nicht in seinen Taschen, außerdem fällt er durch sein ernstes Gesicht auf. 3.) Wenn er aus einem Gebäude heraustritt, wird ihn der unbändige Zwang überfallen, sich eine Kopfbedeckung aufzusetzen. Er wird verwirrt reagieren, da er in seiner Tasche keine vorfinden wird. Im Gegenzug wird er versuchen, seine fiktive Kopfbedeckung beim Betreten eines Gebäudes abzusetzen. 4.) Er wird nie maulen, wenn er mal eine kurze Strecke zu Fuß zurücklegen soll. 5.) Er stört sich nicht an horrenden Wartezeiten, solange sie eine Dreiviertelstunde nicht überschreiten. Wenn er (z.B. beim Arzt im Wartezimmer) beim Warten hingegen sogar sitzen kann, erhöht sich seine Toleranz gegenüber längeren Wartezeiten noch einmal ganz enorm. Sollte er dann noch zusätzlich etwas zu lesen erhalten, wird er sich wie im Paradies fühlen. Warnung: Diese Toleranz wird nach dem Ausscheiden aus dem Dienst wieder rapide nachlassen!

HONK: Wer diesen netten Begriff („Hauptschüler Ohne Nennenswerte Kenntnisse") wirklich erfunden hat, konnte nie genau ermittelt werden. In meiner AGA gab es sogar einen Kameraden, der mit „HONK" angesprochen werden wollte. Ein längerer Aufenthalt auf Kasernenterritorium führt übrigens schnell zu der Ansicht, dass ein Großteil der Uniformträger wenigstens ab und wann dieser Bezeichnung gerecht wird.

Inst: „Instandsetzung". Eine eigene Teileinheit (= TE, siehe dort), die in etwa mit einer Reparaturwerkstatt des Zivillebens vergleichbar ist.

Krkw: „Krankenkraftwagen". Sozusagen der Rettungswagen (RTW) des Zivillebens in Militärausführung.

KvD: „Kraftfahrer vom Dienst". Dieser Mann ist primär für die Überwachungsfahrten des OvWa (siehe dort) zuständig. Er kann jedoch auch andere außerplanmäßige Fahrten übernehmen – und sei es, dass nur der Kompaniechef nach Dienstschluss gerne mal das Dorffest im Nachbarort besuchen möchte ...

KzH: „Krank zu Haus". Sozusagen der „gelbe Schein" bei der Bundeswehr. Ein sehr erstrebenswerter Zustand, da man in dieser Zeit sein doppeltes Verpflegungsgeld ausgezahlt bekommt und damit durch Nichtstun fast doppelt so viel verdient wie die Kameraden, die zeitgleich in der Kaserne am Malochen sind. Versucht das mal im Zivilleben ...

Mat.-Gruppe: „Material-Gruppe". Eine eigene Teileinheit (= TE, siehe dort) einer Kaserne. Sozusagen die Steigerung des VU (siehe dort). Hier läuft man auf, wenn man „größere" Dinge braucht wie z.B. (einmalig) ABC-Schutzmasken. Hat man Probleme mit Kleidung oder sonstigen Ausrüstungsgegenständen, kann man sie hier umtauschen – und das sogar gratis! Wohlgemerkt: „Ein Soldat, der Ausrüstungsgegenstände tauscht, hat keinen Anspruch auf (werks-) neue Gegenstände". Auch das sich allgemeiner Beliebtheit erfreuende Panzertape war hier erhältlich und selbst einen Hubwagen konnte man hier (leihweise!) erhalten. Manche offenbar der Sammelleidenschaft verfallenen Kameraden statteten der Mat.-Gruppe allerdings nahezu täglich einen Besuch ab. Warum auch nicht aus Langeweile Panzertape sammeln?

MSG: „Marsch-Sport-Gelände-befreit". Bei Verletzungen oder Erkältungen kann einen der Militärarzt von den soeben genannten Tätigkeiten befreien – man ist für diesen Zeitraum normalerweise nur für den sog. „Innendienst" zu verwenden. Direkt nach KzH sozusagen der zweithöchste mögliche Triumph, den man beim „Kampf im San-Bereich" erringen kann.

OvWa: „Offizier vom Wachdienst". Der Mann, der für die Sicherheit in der Kaserne verantwortlich ist.

PFT: „Physical Fitness Test". Soldaten müssen in regelmäßigen Abständen zur Kontrolle ihrer Fitness bestimmte sportliche Leistungen erbringen. Der Ablauf erinnert an ein Zirkeltraining: Hochsprung, Weitsprung aus dem Stand, Beschleunigungsläufe und zum krönenden Abschluss der „Cooper Test", d.h. 12 Minuten lang laufen – so weit wie möglich! Eigentlich ein überflüssiger Test, da er von immer denselben Leuten nicht bestanden wurde.

ReFü: „Rechnungsführer". Praktisch der „Zahlmeister" beim Bund. In der Grundausbildung kriegt man seinen Sold hier meist bar ausgezahlt, während er in den restlichen Monaten auf das eigene Konto überwiesen wird. Mit Fragen rund zu den Bezügen ist man hier an der richtigen Adresse. Man muss dieser Person allerdings mehr vertrauen als sich selbst, denn Gehaltsabrechnungen existieren beim Bund nicht. Einzige Alternative gegen schlaflose Nächte: Täglich aufschreiben was man „verdient", inklusive aller Extrazuschüsse, am Monatsende alles aufaddieren und mit der überwiesenen Summe vergleichen. Bevor ihr allerdings wegen einem fehlenden Euro das Kriegsgericht einschaltet solltet ihr sicherstellen, dass ihr euch nicht nur verrechnet habt!

San-Bereich: „Sanitäts-Bereich" – das „Minikrankenhaus" innerhalb einer Kaserne. Wurde von einigen notorischen Faulpelzen gelegentlich mit einem „Dauer-Campingplatz" verwechselt.

TE: Teileinheit: Nach der AGA wird der Soldat in seine zukünftige Stammeinheit versetzt. Diese Stammeinheit ist dann nichts weiter als eine Teileinheit der Kompanie, in die der Betroffene versetzt wird. Eine TE könnte beispielhalber eine Fernmeldeeinheit („Fernmeldezug") sein, oder die Mat.-Gruppe (siehe dort) bzw. die Inst (siehe dort).

USB: Hat nichts mit dem PC zu tun. Dennoch ein Wort von besonderer Bedeutung: „Urlaubssachbearbeiter". Ein hochwichtiger Mann, der Urlaubsanträge annehmen und, wenn er Lust hat, sie auch bearbeiten und weiterleiten kann. Während meiner Bw-Zeit saß ein Kamerad auf diesem Posten, mit dem ich zusammen in der AGA gewesen war. Praktische Sache, das!

UvD: „Unteroffizier vom Dienst". Irgendeiner muss ja in jeder Kompanie die Stellung halten und rund um die Uhr im Einsatz sein. Sollte es Alarm geben, laufen im ersten Moment alle Fäden beim UvD zusammen. Damit sich der

UvD nicht so alleine fühlt (24-Std.-Schicht in einem engen, kleinen Raum), wird er vom GvD, dem „Gefreiten vom Dienst", tatkräftig unterstützt. Kartenspielen und gewisse Videospiele funktionieren alleine nun mal nicht so gut ... Alle „vom Dienst"-Personen sind (ebenso wie der OvWa) Soldaten in 24-Std.-Schichten (etwa 7:00 Uhr morgens erfolgt die Ablösung). Interessant war hier immer der tatsächliche Dienstgrad der Diensthabenden. Ein Gefreiter vom Dienst war oft ein einfacher Soldat. Ein Unteroffizier vom Dienst meist ein Mannschaftsdienstgrad, und der Offizier vom Wachdienst war meist ein Unteroffizier mit Portepee. (In aufsteigender Rangabfolge eigentlich: Mannschaften (Gefreite), Unteroffiziere, Unteroffiziere mit Portepee (Feldwebel), Offiziere, Stabsoffiziere, Generäle). Diese Zusatzdienste erhoben jemanden also scheinbar in eine höhere „Dienstgradklasse".

VU: „Versorgungsunteroffizier". Braucht man z.B. neue Schuhcreme, Schnürsenkel, Bürsten, Bettwäsche oder ähnliche Artikel, ist man hier an der richtigen Adresse. Ähnlich wie in der Mat.-Gruppe (siehe dort) waren hier einige „Stammkunden" zu beobachten ...

Ein deutlich umfangreicheres Lexikon finden Interessierte übrigens im Internet unter www.unmoralische.de/bundeswehr.htm. Wenn Sie einen Bundeswehrangehörigen kennen und wegen seines Slangs Probleme haben, ihn zu verstehen, finden Sie hier umfassenden Rat!

2. Der K(r)ampf beginnt

Irgendwie traf es mich zu einer völlig ungünstigen Zeit. Mein Leben war geradezu die Bequemlichkeit in Person. Das Abitur gerade in der Tasche und knapp drei Monate Zeit! Die Eltern im Urlaub, der Bruder nicht da. Nur ich allein. In den ersten drei Wochen war es furchtbar langweilig, doch alsbald stellte sich eine angenehme Routine ein. Morgens stand ich auf, wenn ich wirklich aus dem Bett fiel, weil ich nicht mehr schlafen / liegen konnte, oder weil mich der Hunger raustrieb (ca. 11:30 Uhr). In aller Ruhe das Frühstück genießen und die Zeitung lesen. Gegen 12:15 Uhr konnte man dann ja schon mal so langsam den PC anwerfen ...und vom Rest des Tages weiß ich schon gar nichts mehr. Nur, dass ich erst ins Bett ging, wenn ich vor Müdigkeit nicht mehr stehen konnte (ca. 02:30 Uhr). Am nächsten Morgen dann wieder dasselbe. Diese Prozedur tagein tagaus. Rückblickend vielleicht die schönste Zeit meines Lebens. Irgendwann hörte man dann mal wieder im Radio: „Endlich Freitag!!!" Und dachte: „Hä? Was is'? Wochenende?" Bei mir endete nichts. Ein Tag reihte sich an den anderen. Die Sommerferien der Bekannten kamen und gingen. Für mich blieb alles gleich – und es erschien sogar alles völlig normal. Man könnte sagen, dass das Nichtstun für mich zu einer Art Berufsform wurde. Man stand morgens auf, verlebte seinen Tag und ging abends ins Bett wie jeder normale Mensch, und so hätte es theoretisch ewig weitergehen können. Bis dieser Zustand dann eines Tages abrupt endete. Zwar hatte ich längst einen gewissen Einberufungsbescheid erhalten, jedoch war das auf ihm genannte Datum immer in ferner Zukunft gewesen. Bis es dann plötzlich der letzte Abend „davor" war. Mein aberwitziger Bruder spielte mir noch schnell das Lied „You're In The Army Now" vor. Er fand das saukomisch. Wenigstens einer. Was hatte ich in den vergangenen Wochen nicht schon für dumme Sprüche von ihm ertragen müssen. Ich war Zivildienstverweigerer – er zu seiner Zeit das Gegenteil gewesen. Und er lästerte: „Du wirst schon wieder hier zu Hause angekrochen kommen" oder „Du wirst dich umgucken". Doch jetzt gab es kein Zurück mehr ...

Tag 1. Einfahrt in die Kaserne nach ordnungsgemäßer Kontrolle von Personalausweis und Einberufungsbescheid durch die Wache am Tor. Anschließend erfolgte die Erfassung der Namen der Neulinge, oder besser gesagt, der Rekruten! Schon in der Warteschlange fielen von unseren uniformierten, zukünftigen Ausbildern die ersten schlauen Sprüche wie: „Hände aus der Hosentasche" oder „Die Wand steht auch von alleine" (wenn man sich gelangweilt anlehnte). Einer tuschelte: „Die Wand schon – ich nicht!" Nach der Zuweisung von unseren Stuben erhielten wir dann Laufzettel – und es waren wirklich LAUFzettel. Hierhin, dahin, dort 'ne Unterschrift, hier noch mal die Personalien angeben, dort erneut. Immerhin – nach nur 1,5 Tagen sollte ich meine Bankleitzahl auswendig können. Ein Mysterium, da ich diese doch in all den früheren Jahren nie behalten konnte ...

Unsere erste Nacht endete dann ziemlich früh: Um 05:30 Uhr brüllte es quer über den Flur: „ZWOTER ZUG! AUUUUUFSTEEEEEEHN!!!!!" Dies war der Moment, in dem einem bewusst wurde, dass es kein Traum war. Erneutes Gebrüll: „LOS LOS, MÄNNER, GEWÖHNT EUCH SCHON MAL DARAN!!" Müde schälte ich mich, ebenso wie meine Kameraden, aus den quietschenden Bundeswehrdoppelbetten und mit einem Mal dämmerte es mir: Die 10 Monate würden lang ...

6 Mann in so einer kleinen Stube. Ich fragte mich, ob bereits jemand auf die Idee gekommen wäre, mit Herrn Guinness über einen gewissen Eintrag zu verhandeln. Glücklicherweise verstanden wir uns auf unserer Stube so weit ganz gut. Kein Idiot darunter, schon mal viel wert! Um 06:00 Uhr dann unser erstes Bw-Frühstück – wer hat denn so früh schon Hunger? Unter anderem gab es warme Bratkartoffeln – mal was Neues, zumindest für mich.

An diesem Tag wurden wir zur Standortbekleidungskammer geführt, um mit Uniformen, Schuhwerk und sonstigen Ausrüstungsgegenständen ausgestattet zu werden. Alles in einen Seesack gepresst (in 2 Fuhren mit grob geschätzt jeweils 35 – 40kg) mussten wir das Zeug dann etwa 400m zu unseren Unterkünften schleppen. Schon schnitten mir die Trageriemen tief in die Schultern und ich fragte mich, was mein Bruder mit seinen immensen Rückenproblemen wohl in dieser Situation gemacht hätte. Die „Glöckner von Notre Dame-Haltung" entpuppte sich schließlich als die schmerzärmste Haltung – und so schlichen etwa 50 Rekruten in einer unseren tierischen Vorfahren ähnelnden Haltung zurück Richtung Unterkunftsgebäude. Die nächsten 2 Tage würden wir im Bundeswehr-Trainingsanzug verbringen, wegen seiner bläulichen Farbe einfach „Schlumpf" genannt. Der Rest der Woche war von Eingangsuntersuchungen (praktisch eine 2. Musterung) im San-Bereich gekennzeichnet sowie davon, wie man die Kunst erwirbt, seine Stube und die Reviere (Duschen, WCs, Flure und Treppenhäuser) auf Hochglanz zu bringen. Im San-Bereich hingegen wurde die Kunst des Wartens geschult, die zu beherrschen von uns für die gesamte Bw-Zeit gefordert werden sollte. Eine Dreiviertelstunde vor einer Tür in der Schlange zu stehen, wurde etwas völlig Normales. Und natürlich wurden vorbeigehende Vorgesetzte nicht müde, ihren „Die Wand steht auch von alleine"-Spruch zu rezitieren. Und um uns zu ertüchtigen, wurden wir noch mehrmals in der Woche auf den Flur gerufen – zum Pumpen, d.h. Liegestützen bis zum Umfallen, im wahrsten Sinne des Wortes. Angetrieben von den Ausbildern wurde die Summe der Wiederholungen, die man schaffte, immer größer, bis man schlussendlich mit bleiernen Armen wehrlos auf den Boden sank. Alles, was einem noch durch den Kopf ging, war die Hoffnung, dass die Stubencrew, die für die Reinigung des Flures zuständig war, nicht geschlampt hatte ...

Inzwischen trugen wir übrigens „Tarnfleck" – und der „Schlumpf" wurde in den Spind verbannt. Freigang erhielt er nur zum Sport oder bei etwaigen San-Bereich-Besuchen, da das Tragen desselben dort Pflicht war.

Ziemlich schnell wurde uns das ewige „Melden" nervig. Morgens beim Vollzähligkeitsappell und Stubendurchgang des Gruppenführers und abends durch die Stubenabnahme durch den UvD. Abends (23:30 Uhr) hörte man dann immer Phrasen wie: „Herr Unteroffizier (+ militärischer Gruß) Sanitätssoldat X melde ihnen Stube X mit X Mann belegt, X Mann bereits in den Betten. Stuben und Reviere gereinigt, gelüftet und zur Abnahme bereit!" Wenn man Glück hatte, blieb es dabei. Waren aber Stube oder Revier nicht in Ordnung, durfte man „Nach-reinigen" und sich eine halbe Stunde später erneut abmelden. Mit der Konsequenz, dass die zur Verfügung stehende Restzeit zum Schlafen immer knapper wurde. Wenn man weiß, dass man in 5 Stunden wieder aufstehen muss, einen anstrengenden Tag vor sich hat und noch nicht einmal im Bett liegt – von Schlafen ganz zu schweigen – beginnt die Sache langsam Spaß zu machen ...

Ein Mülleimer hat abends übrigens bei der Abnahme geleert zu sein – und wenn nur ein einsames Taschentuch darin liegt! **TIPP:** Auf den meisten Stuben gibt es zwei Eimer. Einen teilweise gefüllten Mülleimer lässt man zur Stubenabnahme einfach in einem Spind verschwinden und ersetzt ihn durch den Leeren. Nach der Abnahme kann man den Halbvollen (oder Vollen!) dann wieder herausholen – das spart viel Lauferei ...

Sehr „lustig und beliebt" war bei uns auch der Nachtalarm! Beim ersten Mal war es noch am Schlimmsten: Irgendwann, noch vor 5 Uhr, ging eine Sirene los, während wir alle noch in unseren Betten schlummerten und von einem besseren Leben nach dem Bund träumten. Genau habe ich es eigentlich gar nicht mitgekriegt. Ich wusste nur noch, wie ich abends zu Bett gegangen war – und kam wieder zu mir wie ich mich, vor meinem Spind stehend, mit größter Hetze anzog. Mir fehlt jegliche Erinnerung, wie ich aus dem Bett sprang, den Spind aufschloss und meine ersten Uniformteile anzog. Interessant, was man so alles unbewusst machen kann! Ein paar Kameraden wollten weiteren möglichen „Alarmfällen" vorbeugen, und beobachteten von dem Tag an jeden Abend, ob ALLE unsere Ausbilder in der Kaserne blieben, oder ob einige, wie üblich, nach Dienstschluss nach Hause fuhren. Blieben alle dort, war das sehr, sehr verdächtig ...

Glück hatten besagte Leute trotzdem nicht. An einem speziellen Tag lag es in der Luft, dass es Alarm geben könnte und die oben erwähnten Kameraden legten sich in UNIFORM ins Bett, um im Zweifelsfall sofort „einsatzbereit" sein zu können. Um 4:30 Uhr wurden sie zufällig selbst munter, überlegten sich, dass das wohl 'ne blöde Idee war, zogen ihre SCHLAFANZÜGE an und legten sich wieder hin. Und 30 Minuten später gab's Alarm ...

Ein „heiß geliebter" Teil unserer Ausbildung war unbestritten der sogenannte Formaldienst. Auch marschieren will gelernt sein, denn was mit zwei Mann relativ simpel ist, stellt sich mit etwa 50 – 60 Leuten schon ganz anders dar. Trotzdem ist da keine Hexerei im Spiel und man sollte meinen, dass es kein Problem wäre, sich einfach nach der Schrittfolge seines Vordermanns zu richten. Wie auch immer, was für die Allermeisten von uns selbstverständlich war, stellte etwa 3 – 4 Kameraden vor ein schier unlösbares Problem. Bisher war ich immer der Ansicht gewesen, dass jeder Mensch ein gewisses Rhythmusgefühl besäße, wenigstens eine Art Grundgerüst dessen. Ich wurde eines Besseren belehrt. Traurig an der Sache war, dass schon ein bis zwei unfähige Personen ausreichen, um „Chaos in die Ordnung" zu bringen. Die Reihe marschierte perfekt im Gleichschritt, bis zu dem Kameraden, der es nicht gebacken kriegte. Und alle Kameraden dahinter mussten sich nach dem „Deppen" richten und hatten daher einen zeitlich versetzten Schritt. Derartiges sieht für einen Zuschauer zum Schreien aus. Unsere Ausbilder wunderten sich, dass wir manchmal geradezu perfekt marschierten und schon einen Tag später wieder alles verlernt zu haben schienen. Sie brauchten etwas, bevor sie merkten, dass die Qualität unseres Marschierens ausschließlich davon abhing, ob die „speziellen Kameraden" anwesend waren bzw. fehlten. Unsere beiden Ausbildungszüge wurden deshalb so besonders intensiv ausgebildet, da feststand, dass der damalige Verteidigungsminister R. Scharping unserem

Gelöbnis beiwohnen würde, und man sich nicht blamieren wollte. Das Anspruchsvollste an einem Gelöbnis ist im Prinzip die Zeitdauer von etwa 45 Minuten, in denen man völlig regungslos gerade stehen muss. Keiner darf sich rühren, sich kratzen, den Kopf drehen oder ähnliches. Abgesehen von einigen Wechseln zwischen „Stillgestanden" und „Rührt euch" steht man die meiste Zeit da wie sein eigenes Denkmal. Hierfür hatte man uns extra unterrichtet, wie man durch das (von außen unsichtbare) Anspannen und Entspannen der Beinmuskulatur seine Blutzirkulation aktiv unterstützen könnte. Bei dem langen Rumstehen sackt das Blut sonst in die Beine ab und es ist übrigens nichts Ungewöhnliches, wenn bei einem Gelöbnis im Schnitt ein bis zwei Personen plötzlich mit Kreislaufproblemen umkippen! Im günstigsten Fall (für den Umkippenden) steht man nicht in der hintersten Reihe und hat damit noch Kameraden hinter sich, die einen auffangen können. Unser „Scharping Gelöbnis" war allerdings etwas anderes. Wie bereits erwähnt steht man bei einem „normalen" Gelöbnis etwa 45 Minuten regungslos still. Bei unserem Gelöbnis jedoch hielt Scharping eine Rede und was das bedeutete, dürfte jedem klar sein. „Schwafel, laber, brabrabra, Laaaaaangsaaaam!" Im Endeffekt mussten wir knapp die doppelte Zeitspanne in der ungemütlichen, stehenden Position verharren. Trotzdem überstanden wir es alle problemlos. Nur eine Blondine aus dem damals anwesenden holländischen Ehrenzug versuchte kurzzeitig, sich das Kopfsteinpflaster aus der Nähe zu betrachten. Sie wurde jedoch von blitzschnell reagierenden Kameraden aufgefangen und „nach hinten" zu den extra dafür bereitstehenden Sanitätern durchgereicht. Nach dem feierlichen Gelöbnis galten wir offiziell als in den Kreis der Soldaten aufgenommen.

Die Grundausbildung (die ersten 2 Monate) war von theoretischem Unterricht gezeichnet (z.B.: Was ist die Bundeswehr, wie ist sie strukturiert, wie lautet ihr Auftrag, wie ist ihre Position in der EU / NATO?) sowie von praktischen Anteilen (Liegestützen – aber auch der erste Kontakt mit Feuerwaffen gehörte dazu).

Das Gewehr G 36 erstmals in den Händen zu halten, war etwas ganz Besonderes. Wir sollten die Waffen erst später hassen lernen, nachdem man uns die „Bedeutung des Gewehres für den Soldaten" anerzogen hatte, und wir darüber hinaus feststellen mussten, dass der Umgang mit Waffen zu 95% aus Arbeit (reinigen, auseinander bauen und wieder zusammensetzen, drillmäßiges Training desselben auf Zeit, zum Teil mit verbundenen Augen) und nur zu etwa 5% aus tatsächlichem Schießen besteht ...

Geschossen wurde auf einer speziellen Schießbahn. Per Knopfdruck des Ausbilders schnellten Plastikscheiben in Form eines Soldaten („Klappfallscheiben") aus dem Boden. Traf man dieses Ziel, klappte die Scheibe automatisch wieder in den Boden zurück und das Ziel galt als „erfolgreich bekämpft". Verfehlte man das Ziel sah man dies sofort – denn der „Pappkamerad" blieb stehen!

Ein **TIPP** für das Waffenreinigen: Wenn auf dem Dienstplan von 15:00 – 16:00 Uhr „Waffenreinigen" vorgesehen ist, dann meinen die das auch so! Heißt: Im Normalfall läuft das Reinigen so ab, dass alle in einem großen Raum (z.B. Hörsaal) sitzen und ihre Waffe reinigen (zerlegt in ihre Einzelteile). Wer meint, dass seine Waffe sauber ist, kann mit den Einzelteilen zum Vorgesetzten gehen, und ihn dies kontrollieren lassen. Hierbei ist das richtige Timing unbedingt erforderlich. Das Reinigen dient nämlich auch dem „Zeittotschlagen" – also wird die sauberste Waffe der Welt nicht „abgenommen" werden, wenn es erst 15:30 Uhr ist, denn was sollte man dem Soldaten sonst für einen neuen Auftrag verpassen? Irgendwo lässt sich an der Waffe immer noch etwas finden, was man beanstanden kann. Überspitzt formuliert: Von 15:00 bis 15:40 Uhr würde sogar eine fabrikneue Waffe beanstandet werden. Um 15:45, spätestens jedoch um 15:55 Uhr wird nahezu jedes „Dreckstück" akzeptiert. Also, wenn mal wieder Waffenreinigen dran ist: Gemütlich hintereinander weg arbeiten, bis die Waffe *„gereinigt"* ist (denn *„sauber"* gibt es gar nicht, wie man uns erklärte!!). Ihr werdet schnell dahinterkommen, wann ihr genug gereinigt habt. Danach gemütlich zurücklehnen und bis etwa 10 Minuten vor dem letzten „Abgabetermin" warten – glaubt mir, eure Waffe WIRD abgenommen werden! In der Zwischenzeit unbedingt ein Teilstück des Gewehres in der Hand behalten, damit es so aussieht, als ob ihr noch ganz eifrig dabei wärt. So auszusehen, als hätte man nichts zu tun, oder noch schlimmer – hilflos in der Gegend herumzugucken, ist im Allgemeinen in der gesamten Bw-Zeit absolut TÖDLICH! Ein „erfahrener" Waffenreiniger konnte in der genannten Beispielzeit von 15:00 – 16:00 Uhr über eine halbe Stunde „rumsitzen". Und nichts machte mehr Spaß, als ein paar weniger schlaue Kameraden dabei zu beobachten, wie sie von 15:20 – 15:45 Uhr bestimmt über fünfmal(!) zum Vorgesetzten tippelten und von ihm postwendend zum Nach-reinigen aufgefordert wurden. Die Betroffenen verstanden die Welt nicht mehr, hatten sie doch eine Waffe in der Hand, die bereits so sauber war, dass sie es mit der Waffe, die z.B. ich auf meinem Schoß liegen hatte, bestimmt dreimal hätte aufnehmen können. Aber das war wohl die gerechte Strafe für Leute, die zu blöd waren, zu erkennen „woher der Hase weht ..."

Interessant (aber auch anstrengend) waren jedenfalls unsere ersten Geländetage. Mit voller Kampfausrüstung („Gerödel" genannt, d.h. Rucksack, Feldflasche, Klappspaten und den weiteren Dingen, die man ab und zu in den U.S.-Army-Filmen zu sehen kriegt) ging es dann in den militärischen Übungsbereich. Zu Fuß, versteht sich! Um 6:45 Uhr in voller Montur ins Ungewisse zu marschieren ist ein überaus befremdliches Gefühl, gerade dann wenn einem bewusst wird, dass die Bekannten daheim, die noch zur Schule müssen, zu diesem Zeitpunkt noch immer im Bett liegen ...

Der wesentliche Ausbildungsinhalt dieser Geländetage bestand im Erlernen des „gefechtsmäßigen Verhaltens" – das Überleben auf dem „Schlachtfeld" mit anderen Worten. Dies geschah in Form von „Stationsausbildung". Erste Station beispielhalber „Täuschen und Tarnen", 1 Kilometer Fußmarsch zur nächsten Station „Retten von Verletzten aus einem KFZ-Unfall", zur nächsten Station latschen, usw. usw. Im Laufe des Tages kommen so einige Kilometer zusammen ...

Sehr verhasst war das drillmäßige Erlernen des Anlegens der ABC-Schutzbekleidung (Schutz vor atomaren, biologischen und chemischen Kampfstoffen), denn man stelle sich die Übung im Nieselregen auf einer freien Wiese vor. Man zieht sich um und die Sachen werden nass. Man verpackt sie wieder und muss sie anschließend erneut anlegen. Diese Prozedur unzählige Male, und jedes Mal werden die Klamotten noch ein bisschen feuchter und klammer.

Wie die kompletten Geländetage aber nun wirklich konkret ablaufen, muss jeder selbst erfahren, vielleicht reicht noch die Erwähnung, dass es kein Sonntagnachmittagsspaziergang war. Stressbewältigung lernte man besser schnell, denn wenn innerhalb einer Kleingruppe (~ 12 Mann) Spannungen auftreten, weil die einem gestellten Aufträge sinnlos erscheinen, es Unstimmigkeiten bezüglich der Vorgehensweise gibt und die ersten Gruppenmitglieder mit Erschöpfung zu kämpfen haben (und folglich die Aggressivität steigt), kann sich die Gesamtsituation schnell mal zuspitzen. Aber irgendwie haben wir es immer wieder geschafft – denn wir waren wie eine Kette, die nur so stark sein konnte wie ihr schwächstes Glied. Kameradschaftshilfe war selbstverständlich und es ist nicht verwunderlich, dass die Kameradschaften, die in einer Grundausbildung entstehen, normalerweise deutlich tiefer sind als die zu Soldaten, denen man während der späteren Bundeswehrzeit begegnet. Ganz getreu dem Motto: „Wir haben damals zusammen im Dreck gehangen" – und es stimmt wirklich! Alleine ist man nichts, und erstmals in meinem Leben war ich auch in Situationen, in denen ich am liebsten alles hingeschmissen hätte, wäre da nicht der (zumindest kleine) Trost gewesen, dass man nicht alleine ist. Nein, im Gegenteil – 11 andere Kameraden teilen dasselbe Schicksal und man motiviert und treibt sich gegenseitig an.

Immerhin, war ich Freitag gegen Mittag auf dem Weg nach Hause und hörte im Radio „Endlich Freitag", konnte ich nun wieder mit einem Grinsen zustimmend nicken und bestätigen: „Ja – endlich!!"

Manchmal fühlt man sich beinahe wie in einem schlechten Army-Film, z.B. dann, wenn nicht nur eine Gruppe, sondern ein ganzer Zug (~ 8 – 10 Gruppen) für das Verhalten von einzelnen Kameraden „büßen" muss. Zu der folgenden Situation kam es im letzten Drittel der Grundausbildung. Wir waren mal wieder ziemlich geschafft, was sich dadurch äußerte, dass in den meisten Stuben 6 Soldatenköpfe nebeneinander auf den Tischen lagen ... Wir hatten einen PFT hinter uns und sollten uns nun bis zum Mittag ruhig auf unseren Stuben verhalten. Manche kapierten es aber einfach nicht und legten sich mit einem geradezu kosmischen Ausmaß an Dämlichkeit IN IHR BETT – während der Dienstzeit! Wiederholt waren wir vor „schlimmen Konsequenzen" gewarnt worden, die eintreten würden, wenn jemand dabei erwischt würde. Und natürlich wurden diese Trottel erwischt. Und dann passierte es. Unser gesamter Zug musste auf dem Flur antreten und es kam zu folgendem sinngemäßen Monolog eines Ausbilders: „Und dabei haben wir Sie so oft gewarnt! Ich dachte, wir lassen Sie mal ausnahmsweise ein bisschen in Ruhe. Ich hatte mir das eigentlich so vorgestellt, dass Sie so nebenbei etwas Ihre Stuben reinigen und auf das Mittagessen warten – in der einen Hand den Putzlappen, in der anderen eine Zigarette... aber wenn Sie SOO müde sind, müssen wir natürlich etwas dagegen tun. Die Hindernisbahn unserer Kaserne gehört eigentlich nicht zu unserem Standardausbildungsprogramm und Sie wären wahrscheinlich alle darum herumgekommen, sie jemals bewältigen zu müssen. Nun denn! In zwei Minuten sind Sie alle im Nässeschutz unten auf der Straße angetreten!! Ausführung!!!"

Also hetzten wir auf unsere Stuben, zogen unseren Nässeschutz an und hasteten auf die Straße vor unserem Unterkunftsgebäude, um der Dinge zu harren, die da kommen sollten. Anmerkung: Wir hatten nahezu alle nach dem morgendlichen PFT GEDUSCHT und uns FRISCHE Klamotten angezogen. Und in denselbigen ging es jetzt im Laufschritt zur Hindernisbahn. Dort angekommen erwartete uns das volle Programm – Absolvierung des Parcours auf Zeit ohne sowie mit Übungsverletzten, die wir über eine Teilstrecke „mittransportieren" mussten. Der Schweiß floss in Strömen – nicht nur von der Stirn. Wie schön, dass wir gerade geduscht und neue Klamotten anhatten! Die Ironie ist, dass ich es insgeheim klasse fand, denn eigentlich wollte ich in meiner Bw-Zeit wenigstens einmal über die Hindernisbahn getrieben werden. Die Umstände, unter denen es passierte, waren jedoch mehr als Zorn erregend. Natürlich wussten längst alle, welche Leute für diese „Kollektivstrafe" verantwortlich waren. An diesem Abend gab es daher einige (vielleicht sogar durchaus berechtigte) Vorschläge, diese Leute mal spüren zu lassen, was wir von ihrer Dämlichkeit hielten. Der Vorschlag, mit ABC-Schutzmasken vermummt auf deren Stube zu stürmen und kollektiv bei jedem der Verantwortlichen mit einem Kampfstiefel einmal als Revanche kräftig zuzuschlagen, wurde jedoch abgeschmettert. Immerhin hatten wir ein ausreichendes Realitätsbewusstsein, um einen U.S.-Actionfilm nicht mit der Realität zu verwechseln. Auch wenn es uns noch so schwer fiel ließen wir sie daher ungeschoren davonkommen.

Der Höhepunkt der Grundausbildung war schließlich das Ausbildungsbiwak. Was „Biwak" genau bedeutet, wusste keiner. Jedoch konnten wir uns auf „Bundeswehr Im Wald Außer Kontrolle" recht schnell einigen ... Es begann wieder mit einem allseits geschätzten Nachtalarm. Zum ersten Mal mussten wir nahezu alles an Ausrüstung mitnehmen, was wir bei der Einkleidung vor knapp zwei Monaten erhalten hatten, denn wir würden die nächsten drei Nächte im Freien verbringen. Folglich machte mancher Rücken wahre Freudensprünge. Ich persönlich spürte jeden Schritt im Kniegelenk, während wir mit Sack und Pack zum Standortübungsplatz marschierten. Während dieser knapp 4 Tage „Survivaltraining" wurde von uns die praktische Anwendung aller Fertigkeiten verlangt, die wir an den früheren Geländetagen (hoffentlich) erworben hatten. Auch hier waren wir nicht völlig frei von Schikanen bestimmter Vorgesetzter. So ein Bw-Zelt (genannt: „Dackelgarage", um die Größe zu veranschaulichen) aufzubauen ist eine echte Herausforderung und wie gerne dachte man an die schönen zivilen „Igluzelte", welche sich blitzschnell aufbauen ließen. Zur Platzvergrößerung und aus Gründen der besseren Verteidigung wurde jetzt direkt unter der Zeltplane das Erdreich ausgehoben, um eine Grube herzustellen. In dieser „Versenkung" liegt man zum Schlafen und kann im Falle eines Angriffs einfach die Zeltplane über sich

„wegreißen" und sich effektiv verteidigen, denn in einer Grube hat man automatisch Deckung, wohingegen ein Soldat auf ebener Erde schlechtere Karten hätte. Nun ja, die Grube sollte etwa 50 – 60cm tief werden. Man stelle sich bitte eine Liegefläche für zwei Personen vor, die ca. 55cm tief ist, und die es mit einem KLAPPSPATEN („NATO-Bagger") auszuheben gilt. Mehrere Kubikmeter Erde mit diesen „Schäufelchen" umzuwälzen erscheint ziemlich aussichtslos. Man denke an seine eigene Kindheit im Sandkasten zurück und stelle sich vor, der Papa käme an und sagte: „So, Söhnchen, jetzt schaufel mal den gesamten Sandkasten leer!!" Nach zwei Stunden beschlossen mein Kamerad und ich einstimmig, dass unsere Grube groß genug wäre ...

Die eigentliche Schikane kam aber erst jetzt: Ein etwas höherer Vorgesetzter sah sich die einzelnen Lager („Gruppennester") an und beschloss: Die Gruben sind viel zu tief. Es sei Niederschlag angekündigt und es bestehe beim Schlafen Ertrinkungsgefahr, weshalb wir die Gruben auf maximal 10 cm Tiefe wieder auffüllen sollten! Wie ich den Kerl so ansah, fiel mir kurzzeitig auf, dass man mit einem Klappspaten auch ganz andere Dinge als Buddeln machen könnte ... Allerdings würde das die Probleme auch nicht lösen! Derselbe Kerl war es auch, der ein Feuerverbot erwirkt hatte. Begründung: Gefährdung des Unterbewuchses des Waldes. Dies sollte sich wohl unwahrscheinlich wissenschaftlich anhören, wirkte aber im Zusammenhang mit dem tatsächlichen Wetter („Ertrinkungsgefahr") geradezu lächerlich. Aber Befehl war nun mal Befehl. Dabei war es ziemlich kalt (Ende Oktober!) und wir hatten bereits eine Feuerstelle gegraben. Sie war so tief, dass man einen Erwachsenen senkrecht darin hätte beerdigen können. Alles nur mit unseren Klappspaten! Und zusätzlich hatten wir noch „Sitzgelegenheiten" dreidimensional in die Erde geschaufelt. Schwer zu erklären – wir hatten sechs etwa 30cm tiefe Nischen, in denen man (im Kreis um die eigentliche Feuerstelle herum) bequem sitzen konnte, denn die Füße standen auf einer noch tieferen Etage. Unsere Sitzposition entsprach somit der eines Menschen, der ganz normal auf einem Stuhl sitzt, nur eben unter der Erde und so tief, dass ein Vorbeigehender uns nur von der Schulter an aufwärts sehen konnte. In dieser Position waren unsere Füße nur etwa 30cm von der angrenzenden Feuerstelle entfernt, mit dem Hintergedanken, dass die Wärme durchs Erdreich bis zu unseren Füßen durchdränge. Tja – und dann das Feuerverbot! Es war schon eine gewisse Ironie, dass das einzige, was in diesem mühevoll geschaffenen Kunstwerk jemals brennen sollte, ein einsames Teelicht war ...

Glücklicherweise hatten wir für die Gruben unter unseren Zeltplanen mittlerweile eine gute Lösung gefunden. Es wurde ja allen Stroh zur Verfügung gestellt, um die Gruben etwas auszupolstern und zu isolieren. Wir griffen uns einfach so viel Stroh – etwa 1 Ballen pro Grube –, dass wir selbige ausschließlich mit Stroh von 55 cm auf 10 cm Tiefe auffüllen konnten. Kam nun ein höherer Vorgesetzter zur Kontrolle vorbei, schien alles seine Ordnung zu haben. Legten wir uns jedoch ins Stroh hinein, sanken wir erst mal um einiges nach unten und lagen wieder beinahe so tief wie vorher. Hauptsache, nach außen hin hatte alles seine Ordnung.

Während des Biwaks erfolgte die weitere Ausbildung, ähnlich wie an früheren Geländetagen, an Stationen. Im Prinzip ist man in der AGA immer mit denselben Leuten in einer Gruppe und wechselt von Station zu Station. Eine verhasste Station war immer „Retten und Bergen" (...von Fetten und Zwergen). Hier sollte man erlernen, wie man verwundete Soldaten in den unmöglichsten Tragepositionen aus dem Gefahrenbereich bringt. Dies stellte sich für mich erstaunlich schwierig dar, denn wenn man selbst „nur" 59 Kilo auf die Waage bringt, und der „Nächstleichtere" etwa 70 Kilo hat, fängt die Sache an Spaß zu machen ...

Neu war für uns im Biwak, dass wir auch abwechselnd Wache halten mussten. Meine Gruppe erwischte es in der zweiten Nacht im Freien. Um halb zwei nachts sollte ich mit einem Kameraden für anderthalb Stunden in einer speziellen Alarmstellung Wache halten. Gar nicht so einfach, wenn man total übernächtigt, der Wald mucksmäuschenstill ist, und die Zeit einfach nicht rumgeht. Im Krieg, pardon, im sogenannten V-Fall (Verteidigungs-Fall – wir Deutschen führen ja keine „Kriege" mehr!!) profitiert man vielleicht noch von einem Adrenalinschub, den die Angst ums Überleben mit sich bringt. Aber in unserem Fall ...

Alle Leute, mit denen ich darüber sprach, erklärten, dass sie in den Alarmstellungen erstmalig das Opfer von Wahnvorstellungen geworden seien. Der eine sah in seiner Müdigkeit rosa Männchen durch den Wald laufen, ein anderer glaubte, dass die Bäume plötzlich Gesichter bekämen und ihn bedrohen würden, und auch ich wurde nicht ganz verschont. Direkt in meinem Blickfeld befand sich leider ein mittelgroßer Baum (ca. 15 Meter Entfernung), der in der Dunkelheit so aussah wie ein Ausbilder, der auf meine Stellung zustürmt. Also entstand ein unerträglicher Kreislauf: Ich war kurz vorm Einnicken, blinzelte, sah diesen Baum und in ihm einen vermeintlichen Angreifer, schreckte hoch und legte mein Gewehr an, war auf einen Schlag putzmunter, mein Herz hämmerte „Poch, Poch, Poch" und ein bitterer Geschmack machte sich in meinem Mund breit – denn 15 Meter ist schon verdammt dicht dran. Dann bemerkte ich, dass es nur ein Baum war, und schon nach 2 – 3 Sekunden(!!!) war alle Konzentration geschwunden und ich bereits wieder kurz vor dem Einschlafen. Die Augen fielen zu, 5 Sekunden später wurde wieder geblinzelt und der „bedrohliche" Baum stand wieder direkt in meinem Blickfeld. Also wieder alles von vorn: Hochschrecken, Puls auf 180, bitterer Geschmack im Mund, beruhigen, Augen zu, Augen auf, hochschrecken, Puls auf 180, bitterer Geschmack, ... und das immer so weiter mit etwa 3 Durchläufen pro Minute(!!). Über eine Stunde lang. Als ich am Ende abgelöst wurde, wäre ich wohl ein begehrtes Studienobjekt in jeder Klapsmühle gewesen ... Aber es half auch nichts – ich konnte mir noch so oft sagen: „Verdammt, das ist doch nur ein Baum! Noch dazu immer derselbe! Wie oft willst du dich denn noch davor erschrecken!!!" Vergebens. Aber auch andere hatten das Problem. Der eine sagte sich immerzu: „Es gibt keine rosa Männchen! Es gibt keine rosa Männchen!" Und sobald er aufhörte, sah er sie schon wieder durch den Wald laufen. Wie gut, dass unsere Gewehre nur mit Platzmunition geladen waren ... Tagsüber gab es relativ häufig Alarm, bei dem von uns erwartet wurde, aus unserem Gruppennest herauszustürmen und Position in bestimmten Stellungen mit angelegtem Gewehr zu beziehen. Als ein Kamerad in voller Montur beim Laufen stolperte und der Länge nach zu Boden ging (das scheppert ganz schön), kommentierte das einer der Ausbilder (grinsend) so: „Wenn ich gemein gewesen wäre, hätte ich jetzt noch den Spruch ‚Hab' ich was von Deckung gesagt??' gebracht!"

Ich mochte diesen Alarm, denn man ließ uns meist bis zu einer halben Stunde in der liegenden Position „schmoren". Ich aber hatte eine Technik entwickelt, mit der ich meinen Gefechtshelm im oberen der beiden Visiere meines Gewehres „einhängen" konnte, so dass Kopf- und Nackenmuskulatur völlig entlastet wurden. Fast so bequem wie ein Kopfkissen – und dazu die Gewissheit, bestimmt 20 Minuten lang dösen zu können. Wenn ein Ausbilder zur Kontrolle vorbeikam, sah das mit meinem „eingehakten" Helm von hinten so aus, als würde ich ganz eifrig DURCH das Visier spähen, auf der Suche nach dem bösen, bösen Feind – meine in Wirklichkeit geschlossenen Augen sah keiner ... So habe ich manchmal im Halbschlaf kaum bemerkt, wie ein Ausbilder in nur anderthalb Meter Entfernung an mir vorbeiging. Praktische Sache, das. Nur gut, dass mich nie einer angesprochen hat, denn das hätte ich nicht mitgekriegt, die Sache wäre aufgeflogen und hätte einen Heidenärger nach sich gezogen. Denn „Pennen" ist wohl mit das Schlimmste, was sich ein Soldat nur erlauben kann! Mittlerweile war die Müdigkeit auch sehr weit vorange-schritten, wie ein Beispiel des Wachsoldaten am Eingangsbereich zu unserem Biwakplatz zeigte. Ohne Vorwarnung eröffnete er plötzlich das Feuer auf ein paar Büsche.

Herbeieilender Ausbilder A: „Verdammt, warum schießen Sie denn!?"
Soldat: „Da war einer! Da war einer im Gebüsch!!"
Ausbilder A zu Ausbilder B: „Haben wir da im Moment einen von unseren Leuten?!"
(Kopfschütteln von Ausbilder B)
Ausbilder A: „Hören Sie zu – da war gar keiner!"
Soldat (beinahe hysterisch): „Doch, doch! Da war einer! Ich hab's ganz genau gesehen!! Da war einer! Da war einer!!"
Ausbilder A: „Okay, okay! Hören Sie zu – Sie lassen sich jetzt von dem Ka-meraden hier eine Weile ablösen. Legen Sie sich etwas hin!"
Der Soldat gehorcht, fängt aber erneut an: „Da war aber wirklich einer! Ich hab's genau gesehen!!"

Auch hier sieht man, wie gut es war, dass man uns nur mit Platzmunition aus-gestattet hatte.

Durchaus interessant war unser Nachtorientierungsmarsch. Oft genug geübt, sollten wir uns nun anhand einer Karte einer etwa 12 Kilometer langen Weg-strecke stellen. 12 Km direkt – also jeder Schritt in die falsche Richtung durch falsches Navigieren kam noch extra dazu. Obgleich es durchaus anstrengend war, empfand ich es beinahe als lustig, zu einer Zeit, wo jeder vernünftige Mensch längst im Bett liegen sollte, zu einem solchen Marsch aufzubrechen. Trotz relativ hellem Mondschein waren Streckenabschnitte quer durch den Wald (Abkürzung) mit deutlich erhöhter Stolpergefahr verbunden! Unterwegs begegnete uns eine Gruppe, in der sich ein Soldat bei dem vorausgehenden Kameraden am Rucksack geradezu festklammerte. Auf seinen „komischen Marschstil" angesprochen reagierte er ziemlich patzig: „Was wollt ihr eigent-lich? Wer seid ihr überhaupt??" Dabei sah er uns nicht direkt an. Wir sollten erst später erfahren, dass der arme Kerl nachtblind war und uns tatsächlich nicht erkannt hatte, obwohl wir nicht einmal einen Meter von ihm entfernt gestanden hatten. Für das normale, ans Dunkle gewöhnte Auge, waren durch den Mondschein durchaus Sichtweiten von 100 – 150 Meter drin. Als wir uns hinterher die Frage stellten, was diese Person eigentlich beim Nachtschießen machen würde, wo man, ebenfalls bei Dunkelheit, mit SCHARFER Munition schießt, schwiegen wir uns nur betroffen an, denn der Kamerad hätte ohne die Hilfe seiner Gruppenmitglieder nicht einmal einen Fuß vor den anderen setzen können und hätte, allein gelassen, wohl bis zum Sonnenaufgang warten müssen ...

Sonnenaufgang! Ein neuer Tag! Frühstück!! Frühstück? Dies erwies sich als weitere komplizierte Tätigkeit, denn obwohl uns in der „feldmäßigen Verpflegung" annähernd dieselben Sachen offeriert wurden wie beim Essen in der Kaserne, stellte sich die Einnahme der Verpflegung ungleich schwieriger dar. Man hatte nicht seinen Teller und sein Besteck, welches man nach der Benutzung einfach auf ein Förderband abstellte, von wo aus es wieder in die Küche zum Abwasch transportiert wurde, sondern man hatte nur seinen „Pickpot", der aus einem tiefen Behältnis und zwei etwas flacheren Behältnissen bestand (seit dem 2. Weltkrieg hat sich an der Konstruktion nicht wirklich etwas verändert ...). Zusätzlich hatte jeder eine Art Campingbesteck. Ein Pickpot ist durch seine Tiefe eher auf das Fassen von flüssiger Nahrung ausgerichtet – schon mal ein Brot in einer Art Topf geschmiert!? Das Fehlen von Stühlen und Tischen ließ das Frühstück ebenfalls nicht zu einer angenehmen „Tätigkeit" werden. Erschwerend kam für uns noch der Abwasch des Pickpots hinzu. Uns wurden zwar drei Wannen mit Frischwasser zur Verfügung gestellt (Vor-, Haupt-, und Nachspülen), doch irgendwann war das nur noch eine einzige Brühe, in der die einzelnen Brocken „Restessen" herumschwammen. Außerdem lassen sich die Rückstände von warmen Mahlzeiten (z.B. Soße) ohne Spülmittel nicht wirklich ausspülen und ein klebender „Restfilm" bleibt fast zwangsweise zurück (**Spezialtipp**: Bei Veranstaltungen im Gelände von zu Hause so ein gelbes Plastik-Behältnis aus Überraschungseiern mit flüssigem Spülmittel gefüllt mitnehmen!). Ein gutes Immunsystem war hier jedoch im Endeffekt die einzige „Lebensversicherung". Mit der Zeit wird man auch kreativ und versucht, seine Essensutensilien möglichst wenig zu „verdrecken". So entdeckte ich „Milchbrötchen" als beste Alternative am Morgen. Man brauchte nur ein Behältnis des Pickpot mit Milch zu füllen, nahm sich zusätzlich noch zwei (trockene) Brötchen und tunkte sie vor dem Essen in der Milch ein. Schon fertig! Vorteile: 1.) Man verschmutzt nichts von seinem Besteck 2.) Das verschmutzte Behältnis des Pickpot lässt sich auch ohne Spülmittel spielend leicht abwaschen – war ja nur reine Milch! Nachteil: Nach spätestens dem dritten Frühstück hängt einem das ganz gewaltig zum Hals raus – aber praktisch war es. Ist immer noch besser, als wenn gewisse Soßenrückstände nach mangelhaftem Abwasch langsam anfangen, „pelzig" zu werden ...

Was sehnten wir uns doch inzwischen nach der „dummen alten Kaserne" mit ihren quietschenden, vielleicht doch nicht ganz so unbequemen Betten. Da uns aber zum Schlafen sowieso nicht sehr viel Zeit zugestanden wurde, fiel die Unbequemlichkeit kaum auf. Ich wurde in meiner Grube von den ebenfalls darin liegenden Ausrüstungsgegenständen derart „fixiert", dass ich zum Schlafen nicht mal meine Brille absetzen musste – Bewegungen waren nahezu ausgeschlossen. Vor lauter Platzmangel und Dreck hätten weder mein Kamerad noch ich auch nur eine der Nächte im Bw-Schlafsack verbracht – und es wurde *ziemlich* kalt ... Außerdem wäre auch das rasche Losstürmen bei Alarm in einem Schlafsack äußerst schwierig gewesen. Mittlerweile war der dritte Tag angebrochen, und die immer noch zunehmende Müdigkeit wirkte sich stärker aus. Als wir nach einem Alarm und anschließender Entwarnung in unser Gruppennest zurückkehrten, schälten sich plötzlich zwei zerknitterte Gestalten aus dem einen Zelt: „Wieso Entwarnung? War Alarm? Wir haben nichts gehört!" Verstörte Blicke aus den Augen der übrigen Soldaten. Gut, dass kein Vorgesetzter in der Nähe war ...

Nach den bislang drei Tagen sehnten sich einige, darunter auch ich, mal wieder nach einem „ausgedehnten" Toilettengang. Zwar hatten wir einen Toilettenwagen, da uns der „Spatengang" aus Umweltschutzgründen untersagt worden war, jedoch konnte sich kaum jemand aufraffen, diesen stinkenden Kasten tatsächlich zu benutzen. Pinkeln war ja noch, unter großer Anstrengung, im Wald möglich. Anstrengend war es aufgrund der ganzen Klamotten. Während des gesamten Biwaks bestand meine Kleidung aus: Weißer Baumwollunterwäsche, oliv-grünem T-Shirt und langer grüner Unterhose, Kälteschutzhose und -jacke, normaler Tarnfleckuniform, zusätzlich Nässeschutzhose und -jacke. Für diejenigen, die sich verzählt haben: Das sind 5 (in Worten „fünf") Lagen Kleidung übereinander! Wenn man sich zum Pinkeln jedes Mal halb „rausschälen" und hinterher wieder sorgfältig ankleiden muss (zeitaufwendig!), pinkelt man eben nur, wenn es wirklich nötig ist. Aber irgendwann will man ja mal mehr als nur Pinkeln. Einige Kameraden und ich sollten es tatsächlich schaffen, ihren Stoffwechsel derart zu kontrollieren, dass wir erst am 4. Tag wieder in der Kaserne „richtig" aufs Klo mussten. Dort hatten wir es dann aber auch schwer eilig ...

Der Rückmarsch war noch einmal anstrengend – und es war wohl auch das einzige Mal, dass ich an der Grenze meiner körperlichen Leistungsfähigkeit kratzte. Völlig übernächtigt und mit „ausgebrannten Batterien" mussten wir mit dem ganzen Gepäck wieder in die Kaserne zurückmarschieren, welches schon in ausgeruhtem Zustand am Wochenanfang teilweise kaum zu tragen gewesen war. Alleine hätte ich mein Gepäck nicht geschultert gekriegt – anheben mit beiden Händen ja, aber wie kriegt man es dann auf den Rücken? Also: Rucksack vor einen Baum stellen, auf den Boden davor hinsetzen und Rucksack festschnallen. Aufstehen unmöglich – zwei Kameraden bitten, einen hochzuheben und erst, wenn die Knie durchgedrückt waren, konnte man die Last einigermaßen bändigen. An meine Grenzen stieß ich schließlich, als unsere Ausbilder auf die Idee kamen, dass wir ja auch eigentlich zurück in die Kaserne LAUFEN könnten. Mit Sack und Pack! Unsere Marschformation bestand aus „Dreierrotten", d.h. „Drei Mann nebeneinander und viele, viele hintereinander". 21 Mann wären also z.b. sieben Dreierrotten. Ich marschierte ganz vorne in der ersten Rotte. Irgendwann war beim Laufen ein Punkt erreicht, wo ich spürte, dass meine Kräfte schwanden. Der Kamerad neben mir packte mich an der Uniform und zog mich weiter. Ich bedankte mich – verlangte jedoch von ihm, dass er mich loslassen würde, wenn ich es wünschte. Lieber wollte ich ehrenvoll langsamer werden, als mit dem gesamten Gepäck auf der Betonstraße der Länge nach zu Boden zu gehen. Als das Laufen schließlich eingestellt wurde, klang es in meiner Lunge wie auf einer Station für künstliche Beatmung. Ein Blick nach hinten und meine Augen weiteten sich. Von unseren vormals knapp 20 Rotten waren nur noch drei übrig – alle anderen Kameraden hatten sich längst erschöpft zurückfallen lassen müssen. Ich hatte davon, in der ersten Rotte laufend, nichts bemerkt, sonst hätte ich wohl auch bereits aufgegeben. Denn angetrieben hatte mich eigentlich ausschließlich der Gedanke: „Die anderen laufen doch auch alle!" Die Kaserne hatte uns wieder ...

Am folgenden Tag (Freitag) stand noch einmal ein PFT auf dem Programm. Beim Cooper Test (Zur Erinnerung: 12 min. laufen – so weit wie möglich) lief ich in einer Gruppe mit etwa fünf anderen. Plötzlich fiel ein Kamerad schnaufend zurück. Es war derjenige, der mir am Vortag beim Rückmarsch in die Kaserne „eine helfende (ziehende!!) Hand" gereicht hatte. Diesmal war ich es, der nun im Gegenzug ihn von hinten anschob und sagte: „Los! Weiter geht's!" Das ist doch praktizierte Kameradschaft – oder?

Zum Ende der folgenden Woche wollten die Ausbilder uns dann noch einmal zeigen, „wo es langgeht". Es war Stubendurchgang, aber nicht eine einzige Stube wurde abgenommen. Irgendwo gab es immer noch etwas Dreck zu finden – und wenn die Ausbilder auf Knien auf dem Boden rumkriechen oder die Spinde von den Wänden abrücken mussten. Die grinsten ja selber schon alle, wenn sie zur erneuten Kontrolle auftauchten. Nach dreimaligem Nachreinigen wurden die Stuben schließlich abgenommen. Mittlerweile mussten sogar wir, die „armen schikanierten Soldaten", über diesen Ablauf lachen – hinter vorgehaltener Hand, versteht sich!!

Dies soll so weit alles zu Grundausbildung gewesen sein. Es endeten zwei durchaus anstrengende Monate – leider mussten wir uns auch von einigen prima Leuten verabschieden, die nach der Grundausbildung in andere Standorte (oftmals heimatnäher) versetzt wurden. Eine etwas bessere medizinische Behandlung wäre noch wünschenswert gewesen. Rekruten werden gerne als Drückeberger angesehen und folglich wurden ab und zu auch Soldaten, die wirklich Probleme hatten, mit den Simulanten verwechselt. Ein Kamerad hatte sich eine üble Muskelverspannung zugezogen – der Arzt soll ihm mit der Faust auf die entsprechende Stelle geschlagen haben mit den Worten: „Tut das weh?" Man sagte mir, der Gesichtsausdruck des Kameraden in diesem Moment soll Bände gesprochen haben. Noch krasser: Ein Kamerad klagte über extrem starke Bauchschmerzen. Der Arzt: „Nichts zu sehen, stellen Sie sich mal nicht so an!!" Zusatzinfo: Dieser Kamerad lag am nächsten Tag bereits in einem ZIVILEN Krankenhaus. Diagnose: Vollständiger Darmverschluss. Kommentar des behandelnden (zivilen) Arztes: „1 – 2 Tage später und wir hätten für den Mann nichts mehr tun können ...". Schöne Grüße übrigens an den verantwortlichen Militärarzt!! Glücklicherweise bildete dies eine einmalige AUSNAHME! Zu Unrecht wurde daher auch der eine Arzt hinter vorgehaltener Hand als „Tierarzt" bezeichnet. Als Rekrut war ich mal bei ihm, weil mein einer Zehennagel durch verstärktes Dickenwachstum unangenehm im Kampfstiefel scheuerte. Der Arzt: „Was wollen Sie denn hier? Ach Gott, da sieht man ja kaum was!!" 4 Monate später würde ich, wegen derselben Geschichte, noch einmal zum Arzt gehen – und zufällig wieder von demselben behandelt werden. Zu dem Zeitpunkt war ich ein „Stammsoldat" und durch meinen Dienstgrad deutlich von einem Rekruten zu unterscheiden. Seine Worte: „Oh ja! Ich sehe es. Kann mir wohl vorstellen, dass das unangenehm ist. Passen Sie auf, ich verschreibe Ihnen da am besten mal... blah und blah..."
Ich hätte ihn fast nicht wieder erkannt ...

Die meisten Soldaten hatten damit das „Anstrengendste" ihrer Bw-Zeit also hinter sich. Für uns, die wir in derselben Kaserne verbleiben sollten, würde es noch einen Monat weitergehen – mit einer SWA (Sicherungs- und Wachausbildung, 2 Wochen) und dem UN-Basislehrgang (2 Wochen – ohne diesen Lehrgang besucht zu haben wird kein deutscher Soldat zu Auslandseinsätzen geschickt). Am Ende der AGA gab es dann noch eine zum Schmunzeln anregende Ansprache eines mir inzwischen durchaus sympathisch gewordenen Vorgesetzten (Eine Handvoll Leute gab's ja beim Bund tatsächlich, die sowohl als Soldat als auch als Mensch einiges „drauf" hatten): „... und blamieren Sie uns nicht an Ihren neuen Standorten – wenden Sie das an, was Sie hier bei uns gelernt haben. Achten Sie auf militärische Korrektheit, denn es wird nun abends kein UvD mehr bei Ihnen auf den Stuben vorbeikommen, um Ihnen „Gute Nacht" zu sagen – und um noch schnell mal einen Blick in den Mülleimer zu werfen ..."). Dies war der Tag, an dem wir in die Unterkunftsgebäude unserer zukünftigen Stammeinheiten verlegt wurden. Meine neue Kompanie besaß einige Stuben vom Typ „Kaserne 2000". Diese 2-Mann Stuben verfügten über eine neuere Einrichtung mit größeren Betten, größeren Spinden, etc. als der Durchschnitt. Der größte Luxus: Jeweils 2 Kaserne 2000-Stuben teilten sich in einem Vorraum ihr eigenes kleines BAD mit Waschbecken, Dusche und WC! Normal gibt es nur einen Gruppenduschraum bzw. WC-Raum, der von den Bewohnern einer ganzen ETAGE benutzt wird. Leider war es mir nicht vergönnt, (sofort) einer solchen Stube zugeteilt zu werden. Aber ich kam auch nicht schlecht weg. Zwar war meine Stube im „klassischen Stil" wie in der AGA eingerichtet, dafür sollte ich jedoch eine 2-Mann Stube für mich ALLEIN haben und zwar für die kommenden sechs Monate(!!) – auch wenn mir das zu diesem Zeitpunkt noch nicht bewusst war. Was galt mein Mitleid doch den Kameraden, die in anderen Kompanien auf 6-Mann Stuben lagen – zum Teil zusammen mit unliebsamen früheren Ausbildern aus der AGA!! Meine neu gewonnene Freiheit war einmalig. Ich besaß zwei Spinde und bestimmte selbst, wann es zu Bett ging, und ich bestimmte, wann es Zeit zum Aufstehen sein sollte. Wenn man um 07:00 Uhr irgendwo angetreten sein muss, schränkt das die Freiheit zwar etwas ein, überließ mir jedoch dennoch eine gewisse Flexibilität. Nach etwa 2 Monaten würde ich es mir sogar angewöhnt haben, auf das reguläre Frühstück zu verzichten. Ich aß stattdessen etwas, das ich mir am Vortag vom Abendessen mitgenommen hatte. Auf diese Art gewann ich morgens weitere 20 Minuten zum Liegenbleiben. Nicht jedermanns Sache, doch mir gefiel es. Inzwischen war nämlich das neue Sechstal (= 2 Monatsrhythmus) Rekruten eingetroffen und nichts war frustrierender, als morgens in der Kantine todmüde in einer brechendlangen Schlange zu stehen. Tja, vor zwei Monaten war man noch selbst ein Teil dieser Schlange gewesen und fast bemitleidete ich die arglosen Gesichter, die noch nicht wussten, was ihnen in den kommenden Wochen blühen sollte. Genauso unsicher und benommen ob des ungewohnt frühen Aufstehens hatte ich damals auch ausgesehen ...

In der sich nun anschließenden SWA-Ausbildung hatten wir teilweise das Glück, erneut unseren Ausbildern aus der Grundausbildung zugeteilt zu werden. Praktisch, wenn man sich mit den Leuten gut verstanden hatte! Die folgenden zwei Wochen brachten uns erneut viel theoretischen Unterricht ein (Wie verhalte ich mich als Wache in welcher Situation?), sowie auch einige praktische Anteile (Schießen). Normalerweise sieht die Ausbildung für die Lernenden auch noch eine mehrtägige Übung im Gelände vor. Dies wurde uns aus einfachen Gründen „erspart": Kurz vor Abschluss der Ausbildung fand eine einwöchige Übung statt, an der die gesamte Kasernenbesatzung teilnahm, natürlich abzüglich einiger Leute, die die Kaserne „am Laufen halten" mussten und abzüglich einiger Leute, deren Gesundheits- äh, Krankheitsbild sich plötzlich(?) auf unerklärliche Weise verschlechterte. Unsere SWA-Truppe wurde ebenfalls mit auf die Übung geschickt – wir sollten nachts das Basislager bewachen, denn im Vergleich zu uns, die wir unsere Gewehre während der gesamten Übung am Mann behalten mussten (von Sonntag bis Sonntag!), würde es allen anderen Soldaten gestattet werden, ihre Waffen nachts abzugeben, zur Lagerung in gesicherten LKWs. Und wir sollten aufpassen, dass sich da nicht irgendein Unbefugter dran bediente, denn die Übung fand auf einem Truppenübungsplatz statt und nicht im „sicheren" Bereich irgendwelcher Kasernenzäune. Der Übungsplatz lag nur 2 – 3 km von der Küste entfernt. Dies war auch der Grund, warum die Verwendung einer Signalpistole nicht gestattet war – denn bei der Nähe zur Küste hätte eine zu große Verwechslungsgefahr mit einem sich in Seenot befindlichen Schiff bestanden (kein Scherz!). Es war übrigens November, und eine Sturmwarnung war auch bereits herausgegeben worden. Das eigentliche Ziel der Übung war Schießtraining, wenn auch nicht in der Form, in der wir es aus der Kaserne kannten. Die Schießbahnen lagen hier mitten in der „freien Wildnis" (militärischer

Sicherheitsbereich). Auch würden wir nicht wie sonst 10 abgezählte Patronen erhalten und anschließend einzeln auftauchende Klappfallscheiben bekämpfen müssen. Stattdessen mussten wir viel flexibler und schneller buchstäblich auf alles ballern, was sich bewegte. Die Tage liefen daher recht entspannt ab: In einem Gruppennest darauf warten, bis die eigene Gruppe dran ist (mehrere Stunden). Dann, wenn es los ging, kam ein höherer Vorgesetzter vorbei und erklärte einem die Lage wie etwa: „Sie bewachen ein Sanitätscamp und verteidigen es gegen einen sich nähernden Feind." Anschließend hieß es nur „Los, Leute, den „Knitterfreien" (Bezeichnung für den Gefechtshelm) aufsetzen". Dann erhielten wir meist 30 Schuss Munition, stürmten in die Stellungen, mähten alles nieder was auch nur entfernt nach Feind aussah und kehrten schon nach 5 Minuten (eigentliche Übungsdauer) wieder ins Gruppennest zurück. Wollte man beim Schießen Spaß haben, musste man aufpassen, dass man möglichst links in einer Alarmstellung stand. Stand man nämlich rechts, flogen einem immer die Patronenhülsen des „ballernden Kameraden" um die Ohren. Das ist bei Dauerfeuer wirklich nicht witzig, zumal die Hülsen unglaublich heiß werden. Durch den automatischen Auswurf fliegen die Hülsen aus dem Gewehr (seitlicher Auswurf) noch bis zu einem Meter weit. Und wenn man dann aus Platzgründen nur 70cm von seinem Kameraden entfernt steht ...

Am Interessantesten an der ganzen Übung war unbestritten das Nachtschießen. Hierfür wurden wir erstmals mit Leuchtspurmunition ausgestattet. Bei dieser Munition kann man die Flugbahn des Projektils nach dem Abschuss genau verfolgen – in Form eines schwach glimmenden Lichtleins. Das Dauerfeuer von etwa 10 gleichzeitig schießenden Soldaten erinnerte dann schon irgendwie an einen Science-Fiction Film. Lauter rote „Laserstrahlen" schienen die dunkle Landschaft zu durchzucken. Pech hatte ein Kamerad in der Stellung neben mir: Sein Visier war defekt – und ich sah aus dem Augenwinkel die Leuchtspur eines seiner Projektile im Winkel von bestimmt 45 Grad schräg in den Nachthimmel aufsteigen. Dabei waren die „Feinde" doch auf gleicher Höhe wie wir selbst?

Schwierig war es auch, überhaupt erst mal in die Alarmstellungen zu gelangen. Normalerweise warteten alle Gruppenmitglieder an einem Ort zusammen, bis das Alarmsignal gegeben wurde. Dann mussten wir etwa 50 – 60 Meter durch den Wald (Trampelpfade) bis in die uns zugewiesenen Stellungen hasten. Beim Nachtschießen war es aber zappenduster und ein unbekannter Trampelpfad wurde schnell zur tückischen Falle. Es gab Alarm und wir stürmten los. An den Alarmstellungen warteten Ausbilder mit einer matten Lichtquelle, die uns den Weg weisen sollte. Da man aber im Wald praktisch nichts sah, stürmten wir wie die Motten blindlings auf die Lichtquellen zu. Mit einem Mal sah ich einen Ast quer über meinen Weg ragen, doch wegen meiner hohen Laufgeschwindigkeit sah ich ihn viel zu spät. Ich versuchte noch zu springen, doch mein einer Fuß blieb am Ast hängen. Ich überschlug mich vorwärts im vollen Lauf (mit bereits teilgeladenem Gewehr in der Hand!!), rollte über den Rücken ab und... ...stand plötzlich wieder direkt auf meinen Füßen. Ein Sturz, wie man ihn sonst wohl nur aus Comics kennt! Vorsichtig spähte ich in alle Richtungen, ob das denn auch ja keiner gesehen hätte. Doch ich hätte mir keine Gedanken zu machen brauchen – bei DER Dunkelheit ...

Ich war damit jedoch nicht allein, denn am nächsten Tag hörte ich bei einem Kameradengespräch: „Habt ihr gestern unseren Ausbilder gesehen? Ich lief hinter ihm und er hat sich in der Dunkelheit voll aufs Maul gepackt!" Ein anderer Kamerad kommentierte dies nur so: „Na und? Wenn ich ehrlich bin, ich hab' mich gestern auch voll auf die Klappe gelegt. Ich konnte einfach nicht mehr erkennen, wo ich eigentlich hinlaufe!"

Wie viele Soldaten an diesem Abend hastig kurzzeitigen Bodenkontakt aufgesucht hatten, wird wohl auf ewig eine Dunkelziffer bleiben ...

Der Gipfel der Ungerechtigkeit dieser Übung lag jedoch in der Besoldung. Wie anfangs erwähnt, gibt es einen Dienstausgleich (DA), wenn man länger als 10 Stunden pro Tag im Dienst ist. Auf einer Übung ist man praktisch die ganze Woche ununterbrochen im Dienst. Daher zeigte sich große Freude in vielen Gesichtern beim Gedanken an finanzielle Zuschüsse sowie 2 – 3 Tage(!!!) extra auf dem Urlaubskonto. Dieser Ausgleich wird jedoch erst ab dem Dienstgrad „Gefreiter" gewährt, was man automatisch nach 3-monatiger Dienstzeit wird. Unser SWA-Zug war jedoch erst seit 2,5 Monaten beim Bund – mit anderen Worten: Wir gingen LEER aus! Nicht eine Mark, nicht eine Stunde Urlaub extra. Das fördert doch das Gefühl von Gleichheit und Gerechtigkeit. Und das, obwohl wir den härtesten Job hatten. Denn während sich abends alle gemütlich zur Ruhe begaben, mussten wir ja auch noch, wie bereits erwähnt, das Lager bewachen. Schon komisch, nach gerade mal 2,5 Monaten beim Bund bereits mit scharfer Munition auf Streife zu gehen und für die Sicherheit zuständig zu sein. Wenn einer der anderen Soldaten zum Spaß mal „Keine Bewegung" gerufen hätte, hätte das für ihn schlechte Konsequenzen haben können. Eigentlich war es von den Verantwortlichen auch geplant, uns nur mit „Platzmun" (Platzpatronen) Streife laufen zu lassen – da es ja nur unserer Übung dienen sollte. Da jedoch, wie ebenfalls bereits erwähnt, große Mengen von Gewehren des Nachts in LKWs gelagert wurden, gefiel den Verantwortlich wohl die Vorstellung nicht, dass deren einzige Bewacher (Wir!) lediglich mit Platzmun ausgestattet wären. Wenn tatsächlich ein bewaffneter „Fremdling" vorbeikäme, um sein privates Waffenarsenal aufzustocken, hätten wir ja nicht mal die Chance gehabt, ihn zu stoppen. Daher die Entscheidung, uns mit scharfer Munition auszustatten, was von einigen Lagerinsassen sicherlich mit mulmigen Gefühlen zur Kenntnis genommen wurde. Unerfahren und bewaffnet – die Mischung kommt immer gut!

Umgehen konnte man das Wacheschieben nur, wenn man so „schlau" war wie ein spezieller Kamerad, der stumpf zum Kompaniechef ging und Selbstmord ankündigte. Dieser Kamerad sollte für den Rest seiner Zeit beim Bund keine Waffe mehr zu sehen kriegen, und... ...selbstverständlich brauchte er auf der Übung auch nicht wie wir Wache zu schieben.

Unsere Lungen wurden auf der Übung ganz schön strapaziert, denn wegen der Kälte flackerte abends in praktisch jedem Gruppennest ein Lagerfeuer. Der gesamte Übungsplatz war jedoch hoffnungslos aufgeweicht und trockenes Holz rar. Bei manchen ähnelte das Feuer daher eher einer Rauchgranate und über dem gesamten Waldboden breitete sich jeden Abend eine dicke Rauchdecke aus. Daher wäre für den Gang zum (Plumps-) Klo (bzw. doch lieber wieder zu einem Baum?) oft ein Radargerät wünschenswert gewesen, um sich auf dem eigentlich gar nicht mal so langen Weg nicht zu verlaufen. Wohlgemerkt: Bei jeder Aktion mussten wir unsere Waffe immer dabei haben. Tag für Tag, Nacht für Nacht. Nur unser SWA-Zug, versteht sich!

Nach einer Woche traten wir dann erschöpft die Rückfahrt an. Wie auf der Hinfahrt im Kolonnenverkehr, d.h. jedes Kfz fuhr genau 60 km/h! Dabei wird man KRANK, kann man seine Geschwindigkeit doch genau an Entfernungsschildern der Autobahn ablesen. Genau einen Kilometer in der Minute – auf die Art und Weise brauchte man natürlich selbst für eine relativ kurze Distanz Stunden. Genug Zeit also, um zu verzweifeln ...

Kurz vor Ende der SWA hatte das Schicksal dann noch einen besonderen Einfall für uns. Unser SWA-Zug sollte an einer groß angelegten Sanitätsübung teilnehmen. Wir sollten „Übungsverletzte" spielen, d.h. uns geschminkt wie Schwerverletzte von den Sanitätern verarzten lassen. Da diese Übung nicht nur eine knappe Woche dauern, sondern darüber hinaus auch noch „am anderen Ende Deutschlands" stattfinden sollte, war es nicht weiter verwunderlich, dass die Krankmeldungen wieder drastisch anstiegen. Diesmal jedoch bis auf eine nie gekannte Rekordhöhe, die ein „Hohes Tier" aus unserer Kaserne dazu veranlasste, vor dem „Rest" des Zuges noch schnell eine Ansprache zu halten, in der Hoffnung, einen weiteren Anstieg der „Drückeberger" zu verhindern: „Kameraden, ... blablabla... ...bedeutende Übung... ...bla bla... ...von enormer Bedeutung für die Bundeswehr... ...laber schwafel... ...unglaublich groß angelegt... ...ramambarber rhabarber... ...zahlreiche Sanitätsbrigaden... ...sabbel sabbel... ...das wird ganz toll... ...laber laber... ...Ich sage es ganz deutlich: Wir brauchen Sie! [...]"

Nach dieser ach so bewegenden Rede sollte es bestimmt keiner mehr wagen, sich zu drücken. Wirklich!? Fest stand jetzt schon, dass es anstrengend würde, da der Wegfall jedes einzelnen lustlosen Kameraden durch Mehrarbeit von uns würde kompensiert werden müssen.

Es war ein Montagmorgen, an dem wir (besser gesagt: der „klägliche Rest") ins für uns völlig Ungewisse aufbrachen. Mit einem Bus ging es nun quer durch Deutschland und das Schicksal hatte für mich noch ein paar ganz besondere Seitenhiebe parat. Wir fuhren auf der langen Strecke nämlich u.a. an der Autobahnausfahrt vorbei, an der ich auf dem Heimweg sonst immer abfuhr. Ich konnte sogar unser Haus im Vorbeifahren in etwa 2 Kilometern Entfernung erahnen. So nah und doch so fern ... Doch das größere Übel folgte erst einige Zeit später, denn wir kamen auch an einer Stadt vorbei, in der eine alte Urlaubsliebe wohnte, mit der es in der Vergangenheit aufgrund unserer zu großen Wohnortentfernung nie etwas „Richtiges" hatte werden können. Und wie ich so im Dunkeln in Richtung Stadt spähte, fiel mir auf, dass sie genau am Tag unserer Fahrt auch noch Geburtstag hatte. Irgendjemand schien da doch etwas gegen mich zu haben ...

An unserem Bestimmungsort angekommen stieg unsere Nervosität etwas an, denn man hatte uns angedeutet, dass wir womöglich im Freien in unseren Zelten würden übernachten müssen – und das Ende November! Jedoch fand die Übung auf Kasernenterritorium statt und man sagte uns, dass für uns Unterkünfte vorbereitet worden seien (6-Mann-Stuben). Allerdings sei das nebensächlich, „denn Sie werden ohnehin kaum zum Schlafen kommen" wurde uns bei der Begrüßung versichert. „Wir haben aber auch schnell gelernt, mit weniger Schlaf auszukommen." Ich dachte nur: „Schon wieder so ein aufgeblasener Angeber!" Wie Recht dieser Kerl allerdings behalten sollte, würde mir erst später bewusst werden.

Die Größe des für die Übung errichteten Komplexes war beeindruckend. Unzählige Truppenzelte waren errichtet worden, mit einigen Sanitätscontainern dazwischen, und alles über Schleusen verbunden. Es war wie ein kleines, mobiles Krankenhaus, jedoch ausgestattet mit allem, was das (Sanitäter-) Herz begehren könnte: Aufnahmestation, Behandlungszimmer, Weiterleitungsbereiche bis hin zum OP sowie Intensivstationen. Alles auf dem neuesten und modernsten Stand der Technik. Man kann über das Material der Bundeswehr lästern so viel man will, aber deren medizinische Ausstattung ist top – wenn nicht sogar die beste, die in den Armeen auf dieser Welt zu finden ist. In der AGA berichtete uns bereits ein Unteroffizier, dass bei Auslandseinsätzen oftmals folgende Situation entstehe: Ein deutsches Sanitätslager, welches von britischen und italienischen Soldaten gesichert wird. Die internationalen Armeeführungen wären wohl längst zu der Ansicht gekommen, dass im Sanitätsdienst die größte Stärke der Bundeswehr liege. Auch die Aussage „Hier waren mal ein paar zivile Ärzte zu Besuch. Die haben sich beinahe die Augen ausgeweint, als sie gesehen haben, dass unsere Geräte weit moderner sind als die in ihren eigenen, zivilen Krankenhäusern!" war mir immer noch gut in Erinnerung geblieben.

Die Grundfläche des „Übungskomplexes" würde ich auf knapp eine Fußballfeldgröße schätzen. Im Inneren herrschte die mollige Temperatur von 20 – 22°C. Es gab sogar (gewollte) Temperaturdifferenzen zu den Schlafräumen für die Patienten. Respekt, Respekt!

Unser Trupp wurde nun in drei etwa 12 Mann starke Gruppen eingeteilt, 2 Sicherungstruppen zur „Bewachung" des Lagers sowie ein Trupp zur Bereitstellung von Übungsverletzten. Ich landete in der Gruppe der Übungsverletzten und glaubte zu dem Zeitpunkt noch, damit Glück gehabt zu haben. Sich schminken zu lassen sollte ja nicht weiter schwer sein. Und Rumzujammern und den unendlich Leidenden zu spielen war mir ebenfalls noch nie schwergefallen! Optimale Voraussetzungen für eine laue Woche also – EIGENTLICH! Nachdem die Stuben bezogen worden waren, mussten die „Sicherungstrupps" bereits aufbrechen. Wir Übungsverletzten würden auf der Übung von Vorgesetzten aus unserem Heimatstandort geschminkt werden. Hatte den Vorteil, dass wir die Leute bereits gut kannten. Für uns sollte es so ablaufen, dass wir uns generell auf unserer Stube aufhalten durften. Bei Bedarf würden wir dann gerufen, geschminkt und im KrKw auf die Reise zum Übungskomplex (ÜK) geschickt. Dabei würde es „schon so gedreht werden", dass jeder von uns so viel Schlaf wie möglich kriegen würde, denn die Übung sollte tagelang rund um die Uhr laufen. So die Theorie!

Die Sache ließ sich auch gut an – wir lagen, ins Gespräch vertieft, auf unseren Betten und gedachten unserer Kameraden in den Sicherungstrupps, die jetzt schon irgendwo draußen unterwegs waren, da wir feststellten, dass ein feiner Nieselregen eingesetzt hatte. Nach einer Dreiviertelstunde wurden wir dann zum ersten Mal gerufen. Gleich sechs Mann auf einmal wurden benötigt. Zum „Eingewöhnen" kriegten fast alle erst einmal, darunter auch ich, „nur" eine Lebensmittelvergiftung verpasst. Ein etwas blasses Gesicht, die Mundwinkel leicht röten – schon fertig! Nach ein paar Instruktionen, wie wir uns dem Sanitätspersonal gegenüber zu verhalten hätten, um unsere Verletzungen authentisch erscheinen zu lassen, wurden wir losgeschickt. Der Transport zum ÜK entbehrte nicht einer gewissen Faszination. Im Ernstfall werden Verletzte auf ein KrKw geladen und damit von der Front abtransportiert. Dieses KrKw trifft sich nach kurzer Fahrt in den eigenen „sicheren Reihen" mit einem weiteren KrKw und die Verletzten werden umgeladen. KrKw 1 fährt wieder zurück Richtung Front, während KrKw 2 den endgültigen Transport der Verwundeten zum nächsten Sanitätslager durchführt. Diese Prozedur sollte, dem Realismus halber, auch in unserer Übung durchgeführt werden. Unser Unterkunftsgebäude war etwa 200 Meter vom ÜK entfernt. Wir bestiegen vor der Unterkunft ein KrKw (liegender Transport der Verletzten) und fuhren mit ihm aus der Kaserne hinaus. Man transportierte uns 10 Minuten quer durch die Stadt und traf sich am Stadtrand mit einem weiteren KrKw. Dort lud man uns um (die armen Jungs, die ständig die Tragen mit uns fetten Kerlen drauf schleppen mussten!) und transportierte uns wieder 10 Minuten zurück bis in die Kaserne. Dort setzte man uns dann direkt vor dem ÜK ab. Eine Ärztin verschaffte sich einen Überblick, was uns fehlte und entschied danach, in welche Stationen wir abtransportiert würden. Eine Lebensmittelvergiftung ist, verglichen mit anderen möglichen Kriegsverletzungen, nicht allzu kritisch und so fand ich mich mit zwei weiteren Kameraden schnell in einem Beobachtungsraum wieder, wo wir in bequemen Krankenbetten vor uns hin dösen konnten. Mittlerweile war es Mittag geworden und man brachte uns das Essen (Kartoffeln mit Gulasch) bis ans Bett! Zum Essen genügte schon ein Löffel – bequemer hätte man selbst an einem Tisch nicht speisen können! Erneut gedachten wir unserer Kameraden in den Sicherungstrupps, die wohl jetzt aus ihren Pickpots würden löffeln müssen. Aber dies war nicht sicher, denn angeblich gab es Probleme mit der Essensversorgung und das Essen gelangte längst nicht bis zu allen durch, die Hunger hatten ...

Nach halbstündigem Aufenthalt in den Betten wurden wir als „geheilt" entlassen und konnten zu unserer Unterkunft zurückkehren.

Nach diversen Durchläufen der o.g. Art mit den unterschiedlichsten Verletzungen wurde es schnell Abend. Als ich mit vier weiteren Kameraden gegen Mitternacht zu unserer Unterkunft zurückkehrte, verlangte es uns erstmals allen nach ein wenig Schlaf. Ich hatte mir im Bad die Überreste meiner „Schussverletzungen" abgewaschen, wobei sich das Kunstblut als überaus hartnäckig entpuppte. Man hatte mir kurz vor meinem letzten „Einsatz" nämlich noch Brausepulver in die simulierte Schusswunde gestreut, woraufhin das Kunstblut regelrecht aufschäumend aus der „Wunde" strömte – quer über meinen Oberkörper. Nein, über fehlenden Realismus konnte sich wirklich keiner beklagen. Es hatte sogar in der Vergangenheit mal einen Fall gegeben, wo sich ein weiblicher Sanitätsoffizier „reihernd" umdrehte, weil den „Schminkexperten" mit ihrer offenen Bauchverletzung, heraushängenden Kunst-Gedärmen und reichlich Kunstblut offenbar eine überzeugende Darstellung gelungen war. Und mal ehrlich: Ich habe in manchem Hollywood-Streifen primitivere Darstellungen von Verletzungen gesehen als die, die unsere Leute da „gezaubert" haben.

Jedenfalls hatte ich die letzten Blutspuren an mir beseitigt und mein Bett schon direkt vor Augen. Die vier Kameraden, mit denen ich vor kurzem erst zurückgekehrt war, lagen bereits in ihren Betten. Ich war nur noch fünf Meter von der Stubentür entfernt, als mich ein fremder Soldat ansprach: „Sind Sie SanSold Puch?" „Ich fürchte, ich bin's", entgegnete ich. „Sie sollen wieder runterkommen, für Sie geht es schon weiter." Frechheit!!! Die anderen konnten der Nachtruhe frönen – und ich!? Also gleich wieder runter zum Schminkraum und mal sehen, was so ansteht. Ich trat durch die Tür. Anwesend waren nur einer meiner Vorgesetzten sowie einer meiner Kameraden, der inzwischen beim Schminken assistierte. Die beiden grinsten mich an wie die Honigkuchenpferde.

Ich (übermüdet): „Was gibt's denn da zu grinsen?"

Kamerad (blickte zum Vorgesetzten): „Wie sagen wir's ihm jetzt?"

Vorgesetzter (grinste immer noch): „Keine Ahnung!"

Ich: „Wie sagt ihr mir **was**?"

Kamerad und Vorgesetzter grinsten weiter im Duett und schielten Richtung Tür, durch die ich gerade den Raum betreten hatte. Ich drehte mich um und stellte fest, dass auf der Innenseite der Tür ein Bügel hing. Und auf diesem

Bügel hing ein...... ...DAMENKLEID! KNALLROSA! Ich wirbelte hektisch herum und sagte, fassungslos den Kopf schüttelnd: „Nein!"

Vorgesetzter und Kamerad (immer noch breit grinsend): „Doch!"

Ich (nahezu panisch): „N-N-N-NEIN!!!"

Vorgesetzter und Kamerad: „Ooooh DOCH!"

Ich (außer mir): „Wer ist denn jetzt auf so eine beschissene Idee gekommen!?!?"

Kamerad: „Die stammt nicht von uns."

Vorgesetzter: „Die Übungsleitung will bei der nächsten Fuhre „Verletzter" auch eine schwangere Zivilistin dabeihaben. Und wenn die das wollen, dann kriegen die halt eine."

Ich: „Wie bitte!? SCHWANGER!?"

Vorgesetzter und Kamerad nickten.

Ich: „A-a-aber warum denn ausgerechnet ICH??"

Kamerad: „Tja, Puch, du hast die passende Größe für das Kleid ..."

Da war jeder Kommentar vergebens. Ich hatte mich in der Vergangenheit schon in einigen Faschingskostümen lächerlich gefühlt, aber die Vorstellung, vor unzähligen verdutzten Augen in einem rosa Kleid eine schwangere Zivilistin mimen zu müssen, stellte das alles weit in den Schatten. Nachdem man mich in das Kleid gezwängt hatte, stopfte man mir noch alles an Füllmaterial darunter, was man auftreiben konnte, um die Schwangerschaft glaubhaft darzustellen. Auf mein Drängen hin wurde zumindest die Idee verworfen, mir auch noch künstliche Titten zu schaffen. Nach der Fahrt zum ÜK wurde ich in meinem „hochschwangeren" Zustand sofort in einen Entbindungssaal geschafft. Plötzlich lugte durch ein Bullauge in einer Tür ein Kameraobjektiv hindurch (die Übung wurde zum Teil per Video dokumentiert) und man flüsterte mir zu: „Schnell, die filmen das! Sie müssen so tun, als ob Sie Ihre Wehen hätten!" „Bitte was soll ich!?", entgegnete ich entsetzt. „Ja, Sie haben schon richtig verstanden. Los, los, los!!" Dabei hatte ich sowieso schon eine Stinkwut im Bauch: Man hatte mir den Schlaf geraubt, mich in der Aufmachung eines korpulenten Transvestiten in den ÜK eingeschleust, ich musste die in den Wehen liegende Schwangere mimen und jetzt sollte das Ganze auch noch auf Video festgehalten werden? Trotzdem tat ich, wie mir geheißen, denn der Dienstgrad der Ärztin neben mir war dermaßen hoch, dass ich Konsequenzen befürchtete, falls ich nicht spuren sollte. Ich drehte meinen Kopf dabei allerdings so zur Seite, dass mein Gesicht nicht zu erkennen sein würde. Sollte nämlich dieses Video jemals an die Öffentlichkeit gelangen, könnte ich meine Kandidatur zum zukünftigen Bundeskanzler vergessen. Wer würde mich nach diesem Anblick noch ernst nehmen können!?

Nach gelungener „Entbindung" (ich durfte das Zeug, das mir beinahe die Luft abdrehte, schließlich entfernen) wurde ich in ein Ruhezimmer gebracht, wo ein Bett für mich vorgesehen war. Der Aufsicht führende Sanitäter sagte jedoch: „Wie, eine Frau, die gerade entbunden hat? Die können wir doch nicht einfach zu allen anderen packen – die braucht Ruhe! Bringt den Kameraden mal „eins weiter", da steht noch ein einzelnes Bett!" Ich hätte den Typ dafür küssen können. Ich sollte tatsächlich ein abseits stehendes Bett in einem abgeteilten Raum für mich alleine kriegen? Wahnsinn!! „Entspannung, Schlaf, Reich der Träume, ich kooooomme!!!"... ...dachte ich! Tatsächlich war es sehr angenehm, doch schon nach einer knappen halben Stunde, als ich gerade im Begriff war, tatsächlich einzuschlafen, kam ein Sanitäter vorbei und sagte: „Okay, Sie können jetzt wieder zu Ihrer Unterkunft zurück!" Ich flehte: „Oh nein! Bitte, lasst mich noch etwas hier liegen. Ich hab' schon so lange nicht mehr geschlafen!" Er: „Glaub' ich dir, Kumpel. Aber wir brauchen das Bett!" „Verdammte Sch...!" Also zurück zur Unterkunft, wieder ohne auch nur eine Minute geschlafen zu haben. Dort angekommen wurde ich mit den Kameraden, mit denen ich zuvor bereits unterwegs gewesen war, sofort wieder zum nächsten Einsatz geschickt. Nur, dass die alle inzwischen 3 – 4 Stunden geschlafen hatten. So viel zum Thema Gleichheit ...

Nach durchwachter Nacht wartete nun wieder ein anstrengender Tag. Meine „Lieblingsverletzung" würde ein „Teilabriss der rechten Hand" werden. Meine Finger wurden dazu in „halb eingeklapptem Zustand" mit Tape fixiert. Auf den dadurch entstehenden „Handstumpf" wurden nun mit einer Knetmasse die Überbleibsel von Fingern modelliert. In diese Überbleibsel wurden fünf Löcher gebohrt, für jeden Finger eines. Und in diese Löcher wurden zu guter Letzt echte Rohfleischfetzen (rohes Gulasch vom Metzger) gestopft. In annähernd der Form, wie zerfetzte, zerfledderte Finger nun einmal aussehen könnten. Ordentlich Kunstblut drüber – fertig! Das Ergebnis war wirklich beeindruckend. Es war ein netter Spaß, diese „Hand" anderen Kameraden unter die Nase zu halten. Erstaunlich war, wie schnell diese immer mit Geräuschen des Ekels zurückwichen, obwohl sie alle wussten, dass es nicht echt war! Da meine „Verletzung" unheimlich stark tropfte, wurde mir noch ein provisorischer Verband angelegt, doch schon nach einer Minute siffte das „Blut" durch selbigen hindurch. Wow, das sah so echt aus, wie es echter nicht mehr hätte aussehen können.

Auch auf dieser Sanitätsübung zeigte sich wieder einmal, was Willkür ist. Eines Abends sagte man uns gegen 23:00 Uhr: „Ihr könnt euch jetzt alle ein bisschen zurückziehen, in etwa 1,5 Stunden brauchen wir dann alle zusammen!" Es sollte die Verlegung von unzähligen Verletzten aus dem ÜK in ein anderes Sanitätslager außerhalb der Stadt geprobt werden. Um 00:25 Uhr war es dann so weit. Bis alle 12 Mann ordnungsgemäß geschminkt waren, dauerte es knapp zwei Stunden. Um 02:15 Uhr mitten in der Nacht wurden wir dann in einen Spezialbus getragen. Todmüde natürlich. In liegender Position wurden wir nun verfrachtet. Festgezurrt, um in Kurven nicht von den Tragen zu fallen. Die Fahrt war „wild" und trotz der Dauer von etwa einer halben Stunde war an Schlaf nicht einmal zu denken. Fünf Minuten vor dem Ziel wurden wir in KrKws umgeladen, da wir in der Realität auch in solchen transportiert worden wären. Mühsam wuchteten die Besatzungen jeden einzelnen aus dem Bus heraus. Ich landete mit drei weiteren Kameraden in einem KrKw. Sollte man jetzt etwas Schlaf kriegen? Die Tür ging auf. Ein Hauptfeldwebel aus der Kaserne begutachtete unsere Verletzungen (aus reiner Neugier). Dann sagte er, an mich gewandt: „Was hatten Sie? Ach ja, ich seh's schon. Das war die Stichverletzung. Passen Sie auf – Ihre „Verletzung" ist viel zu geringfügig. Sie steigen jetzt aus und fahren mit dem Bus wieder in die Kaserne zurück." Ich wollte es einfach nicht glauben. Wir waren so kurz vor unserem Ziel – der Ankunft in dem Sanitätslager – und ich sollte wieder mit zurück in die Kaserne? Jetzt, wo der zu erwartende Schlaf so nahe gewesen wäre? Aber Befehl ist Befehl. Im Bus war ich nun allein mit dem Fahrer und dem Beifahrer. Ich dachte noch: „Vielleicht ist das ja gar nicht so schlecht. Jetzt ist es drei Uhr nachts. Um halb vier könnte ich in der Kaserne sein – bis zum Frühstück noch dreieinhalb Stunden zum Hinlegen!" Doch der Bus fuhr nicht zur Kaserne! Zumindest nicht sofort. Er gurkte quer durch die dunkle, schlafende Stadt, von einem Stützpunkt zum anderen. Brachte hier was hin, holte dort was ab. Um 05:50 Uhr morgens trafen wir wieder in der Kaserne ein. „Was für ein Schwachsinn", dachte ich, als ich mir im Bad die „Stichwunde" abwusch. Wenn man das gewusst hätte, hätte man mich doch auch eigentlich die ganze Nacht durchschlafen lassen können. Nur, weil diesem Hauptfeldwebel gerade mal so einfiel, dass eine Stichwunde nicht schlimm genug sei! Wozu hatte ich nachts, anstatt zu schlafen, knapp anderthalb Stunden darauf gewartet, geschminkt zu werden? Wozu hatte sich mein einer Vorgesetzter 20 Minuten lang redlich abgemüht, um mir eine perfekte „Verletzung" zu zaubern? Wofür mussten mich arme Soldaten in den Bus schleppen? Wozu mussten sich weitere Soldaten abmühen, um mich später in ein KrKw umzutragen? Wofür bin ich die ganze Nacht für nichts und wieder nichts durch die Gegend kutschiert worden!? Die Übungsleitung hatte doch schließlich die Art der „gewünschten Verletzten" festgelegt. Aus welchem Grund meinte also irgendein Hauptfeldwebel, sich auf meine Kosten einmischen zu müssen!? Noch dazu zu einem Zeitpunkt, wo es doch sowieso schon zu spät war und demnach eigentlich auch egal gewesen wäre? Fragen, die mir bis heute niemand beantworten konnte. Willkür ...

Mittlerweile war es 06:00 Uhr früh und man hätte frühstücken gehen können. Trotz großen Hungers pfiff ich auf das Frühstück, zugunsten meiner körperlichen Verfassung. Nach über 2 Tagen nahezu ohne Schlaf war ich drauf und dran, auf allen Vieren zu kriechen und so rettete ich mich endgültig in mein Bett und..... ...SCHLIEF tatsächlich EIN! Um 07:00 Uhr kehrten bereits meine Kameraden aus dem anderen Sanitätslager zurück und ich wurde durch ihren Lärm geweckt. Obwohl ich nur gerade mal eine knappe Stunde geschlafen hatte, ging es mir schon viel besser. Auch meine Kopfschmerzen waren fast weg. Ok, es ging mir nicht **gut**, aber trotzdem hatte sich meine körperliche Verfassung noch nie in einer einzigen Stunde Schlaf derart gebessert. Manche Forscher sagen, dass der Körper Schlafmangel nicht durch längeren, sondern durch intensiveren Schlaf kompensiere. Da schien etwas dran zu sein. Den Rest gab mir dann jedoch die Frage eines Kameraden: „Hey Puch, warum musstest du denn heute Nacht wieder zurück? Fünf Minuten, nachdem du weg warst, sind wir in das Lager gebracht worden. Dort hat man uns in Betten gepackt und wir haben alle bestimmt dreieinhalb Stunden geschlafen!" Daraufhin wäre ich am liebsten einem gewissen Hauptfeldwebel an die Kehle gesprungen ... Erfolglos starrte ich mehrere Minuten in einen Wandspiegel auf der Suche nach dem „Verarscht mich"-Schild, welches an meiner Stirn, meinem Rücken oder sonst wo zu hängen schien. Ständig das Nachsehen in Bezug auf „Schlafgelegenheiten" zu haben, nervte gewaltig! Einziger Lichtblick: Die Kameraden hatten auch keine Gelegenheit zum Frühstücken gehabt. Auf allgemeines Beschweren hin räumte man uns daher eine halbe Stunde Zeit ein, um noch schnell etwas in der Kantine ergattern zu können. Wenigstens konnten wir unseren gröbsten Hunger stillen. Mittags hing uns der Magen schon wieder in den Kniekehlen. Herbe Enttäuschung beim Essen. Der Fraß war nicht herunterzukriegen, und zum ersten Mal in meiner Bw-Zeit stand ich hungrig vom Tisch wieder auf. Mittlerweile erkannte ich, dass an den Gerüchten über die schlechte Küche beim Bund durchaus etwas dran zu sein schien und welches Glück ich doch mit dem ausgezeichneten Essen in meinem Heimatstandort bisher gehabt hatte. Nur half mir diese Erkenntnis jetzt relativ wenig. Und was nützten uns die Mc Donalds und Burger King Filialen, die direkt gegenüber von der Kasernenausfahrt standen, wenn wir doch Ausgehverbot hatten? Und ausgerechnet gegen Nachmittag drückte mir, dem Hungertod nahe, ein Vorgesetzter ein KitKat in die Hand mit den Worten: „Aber wehe, du isst das auf! Das nimmst du mit auf die nächste Tour. Und kurz bevor du im ÜK ankommst, nimmst du das schnell in den Mund, kaust es, und spuckst denen das alles vor die Füße. Mal gucken, ob die schnell genug reagieren. Und falls da eine Kamera bei sein sollte – scheißegal, um so besser!" Also ehrlich. Genauso gut hätte man in der Wüste von einem Verdurstenden verlangen können, in einem Werbespot für Duschen aufzutreten, ohne dabei auch nur einen Schluck Wasser zu trinken! Mein Glück war, dass ein KitKat aus ZWEI Riegeln besteht ...

Nachdem wir nun unzählige Male schwer „verwundet" worden waren und auch genau so viele „Wunderheilungen" hinter uns hatten, deutete sich langsam das Ende der Übung an. Bei den Sicherungsmannschaften hatte sich noch ein „kleiner" Zwischenfall ereignet. Zwei Mann von ihnen mussten den ÜK der Übung halber bewachen (Streife laufen). Dafür waren sie mit Gewehren und Platzmun ausgestattet worden. Und zwischenzeitlich gab es immer wieder einige Angriffsversuche von „Feinden", die die Übungsleitung geschickt hatte, um den Realismus zu erhalten. Die eine Nacht stieß jedoch unsere Übungsstreife vom ÜK mit der „richtigen" Militärwache der Kaserne (ausgestattet mit scharfer Munition!) zusammen, die übrigens nicht darüber informiert worden war, dass auch eine „Übungsstreife" patrouillieren würde. Als die Militärwache also stutzte und beim Anblick von zwei bewaffneten Gestalten im Dunkeln in der Nähe des ÜKs „Halt! Stehenbleiben!" rief, dachten unsere Leute, dass das auch wieder Teil der Übung wäre. Folglich kooperierten sie nicht und es kam zu einem Handgemenge, bei dem ein Soldat der Militärwache seinen Gewehrkolben schwungvoll im Gesicht eines Kameraden der Übungsstreife „parkte". Glücklicherweise war nicht noch mehr passiert. Nicht auszudenken, was hätte geschehen können, wenn unsere Jungs zur „Abwehr der vermeintlichen Übungsfeinde" einen Warnschuss mit ihrer Platzmun auf die Militärwache abgegeben hätten. Zwar lassen sich Platzmun und scharfe Munition an ihren Schussgeräuschen relativ gut unterscheiden, doch wer weiß, ob das in der Stresssituation die Militärwache nicht auch zu anderen Reaktionen hätte verleiten können.

Mein größtes Ärgernis war indes ein schwerer Verlust: Bei einer Einlieferung in den ÜK hatte man mir meine Erkennungsmarke abgenommen. „Das ist Standard, die kriegen Sie ja wieder, wenn sie später aus dem ÜK entlassen werden!" hieß es. Tatsächlich war sie aber hinterher unauffindbar. Meine schöne Marke! Ich hatte sie bis dahin im Prinzip immer bei mir gehabt und mich noch nie von ihr getrennt. Sie war mir praktisch ans Herz gewachsen! Und alles, was diese HONKs dazu zu sagen hatten, war „Die taucht schon wieder auf ..." Die Frage war nur, wann!?

Schließlich traten wir die langersehnte Rückfahrt an (wie befürchtet OHNE meine „Hundemarke"). Alles Nachbohren hatte nichts genützt. Mittlerweile hatte ich rückblickend in einem Zeitraum von über 70 Stunden(!) ca. 4 Stunden geschlafen – optimistische Schätzung ... Die Aussage eines anderen Übungsverletzten, der beschwor, dass er jede Nacht mindestens acht Stunden geschlafen habe, konnte ich einfach nicht nachvollziehen. Was hatte ich falsch gemacht!? Dabei hatte ich mich doch immer an die wichtigste Verhaltensregel für Grundwehrdienstleistende gehalten, die möglichst wenig eingespannt werden wollen: Klappe halten, nicht auffallen, mit der Masse mitschwimmen und folglich in ihr untergehen. Dennoch vergebens!

Die Fahrt zog sich hin und ich wurde ständig „Opfer" des sogenannten „Sekunden- bzw. Spontanschlafes". Bewusst wurde mir das erst, kurz bevor wir wieder an „meiner" Autobahnausfahrt vorbeikamen. Ich wollte versuchen, unser Haus im Dunkeln zu erspähen und beobachtete daher aufmerksam (aufmerksam?) die Hinweisschilder. Noch rund 10 km. In einiger Entfernung stand ein weiteres Hinweisschild. „Es müsste in 10 Sekunden auf meiner Höhe sein, also bleiben noch 7 Sekunden, um die Augen zuzumachen", dachte ich. Als ich die Augen wieder aufmachte, und die Aufschrift auf dem Schild las, stutzte ich. Nach dessen Angaben waren wir nämlich schon rund 20 Kilometer an der Ausfahrt vorbei. Ich muss mindestens für 10 Minuten weg gewesen sein, obwohl ich der Überzeugung war, beim Augenschließen und -öffnen ein und dasselbe Hinweisschild zu sehen. Auch hatte ich im Geist die 7 Sekunden genau abgezählt. Aber die Fakten zeigten ein anderes Bild.

Endlich in der Kaserne angekommen, fiel ich wie ein Stein in mein Bett. An das erste „Umdrehen" konnte ich mich nicht mehr erinnern.

Leider zeigte man uns zum Ende der Übung noch einmal die kalte Schulter: Wir waren ja immer noch keine Stammsoldaten (noch nicht im 4. Dienstmonat) und so stand uns kein DA für die Übung zu. Unsere Vorgesetzten versicherten uns, dass sie noch einmal mit dem „Hohen Tier" aus der Kaserne, das vor der Abfahrt zu der Übung diese „bewegende Ansprache" gehalten hatte, darüber sprechen wollten, ob wir nicht wenigstens einen Tag Urlaub kriegen sollten. Jedoch haben wir nichts dergleichen erhalten. Und es wäre nicht das Problem gewesen, dass das den Gesetzen gemäß unmöglich gewesen wäre. Urlaub kann nämlich auch aufgrund „besonderer Leistungen" gewährt werden. Aber – Pustekuchen. Was bleibt ist der Umstand, dass sich die „Drückeberger" unter unseren Kameraden, die der Übung ferngeblieben waren, in ihrem Verhalten bestätigt gefühlt haben müssen, wohingegen wir, die wir uns den Anforderungen gestellt hatten, einmal mehr die Gelackmeierten waren ... Hier hätte der verantwortliche Vorgesetzte zumindest aus meiner Sicht schon alleine aus pädagogischen Gründen anders verfahren müssen.

Ein paar Tage nach dieser Übung war damit, am Ende des 3. Dienstmonats, das „Anstrengendste" unserer Bw-Zeit endgültig vorbei. Erstmals wurden wir bei den jeweiligen Teileinheitsführern unserer zukünftigen Stammeinheiten vorstellig (an einem Dienstag?). In meiner TE fragte man uns prompt: „Ist irgendjemand von Ihnen MSG-befreit?" Kollektive Antwort: „Nein." TE-Führer: „Prima! Unsere Kompanie veranstaltet nämlich am Freitag, also in drei Tagen, einen 20 Kilometer Leistungsmarsch an dem Sie dann ja alle schon teilnehmen können!" Vom Regen in die Traufe. Aber der Freitag hatte für uns auch einen besonderen Stellenwert, denn wir sollten ihn nicht mehr als „einfache Sanitätssoldaten" erleben. Am Mittwoch beim Antreten der ganzen Kompanie wurde es dann auch offiziell bekannt gegeben, dass alle Leute aus meinem AGA-Sechstal mit Wirkung vom 1.12.2000 zu „Gefreiten" befördert würden („Pflichtbeförderung"). Endlich hatten wir unseren ersten (umgangssprachlichen) „Pommes" auf der Schulter und waren nun deutlich von Rekruten zu unterscheiden. Das heißt, sofern man schlau genug war, sich die neuen Schulterklappen rechtzeitig (vorher!) zu besorgen, denn da im 3-Monatsrhythmus regelmäßig zahlreiche Beförderungen anstanden, waren die Schulterklappen auch ebenso regelmäßig vergriffen – und Nachbestellungen dauerten. Manche „langsamen" Kameraden mussten daher auch am erwähnten Freitag ihren ersten Leistungsmarsch als „Schulterglatze" antreten, also ohne die Schulterklappen, die ihnen jetzt vom neuen Dienstgrad her zugestanden hätten.
20 Kilometer! Das war schon etwas anderes als der 6 km „Eingewöhnungs-

marsch" aus der AGA. Doch hatte ich bei letzterem gelernt, wie ich meine Stiefel richtig zu schnüren hatte, um Blasen zu vermeiden. Zahlreiche Kameraden lernten es offenbar nie – anders konnte ich es mir nicht erklären, warum die Märsche grundsätzlich an einem Freitag stattfanden. Die Kompanieführung wollte damit offenbar erreichen, dass sich die Leute über das Wochenende erholen könnten, anstatt sich, beim eventuellen Stattfinden eines Marsches mitten in einer Woche, am nächsten Tag wegen Gehbeschwerden oder sonstiger „Wehwehchen" krank zu melden.

In meiner ganzen Bw-Zeit hätte ich mir auf keinem der Leistungsmärsche eine „ernste" Blase eingefangen (ich meine diese richtig Fetten unter dem Hacken, die weit verbreitet waren). Meine einzige Ausnahme war eine winzige „Hautablösung" auf der Fußoberseite, die aber kaum zu spüren war, da man nun mal mit der Fußunterseite auftritt! **TIPP:** Mein „Spezialrezept" war simpel, nachdem ich es erst einmal herausgefunden hatte: Zehennägel möglichst kurz schneiden (die scheuern sonst im Kampfstiefel als erstes). Nach Möglichkeit ein dünnes (enges) Paar Socken unter den grünen Bw-Socken tragen – dann scheuert der Bw-Strumpf nämlich nicht mehr direkt am Fuß sondern nur auf dem „Zweitstrumpf". Auch, wenn das jetzt widerlich klingen mag: Die Strümpfe (beide Paare!) sollten zuvor bereits möglichst 2 – 3 Tage hintereinander getragen worden sein. Vielleicht riecht das etwas, aber nur dann passen sie sich dem Fuß wirklich optimal an. Unter das innere Strumpfpaar zog ich noch Toilettenpapier – jeweils ein Blatt muss in direkten Kontakt zum Hacken kommen (das Blatt reicht dann vom Hacken bis zur Ferse). Damit schützt man die empfindlichsten Stellen, denn beim Marschieren schwitzt der Fuß sehr stark. Irgendwann schwillt er durch die Feuchtigkeit an (genau wie in der Badewanne). Ein „aufgequollener" Fuß hat jedoch zuwenig Platz im Stiefel und scheuert entsprechend stärker. Das Toilettenpapier hilft hier, indem es die Feuchtigkeit aufsaugt und ein Anschwellen der Füße verhindert oder zumindest hemmt. Zugegeben, es war etwas ekelig, nach dem Marsch die aufgeweichten Reste und Fetzen des Papiers wieder aus den Strümpfen zu entfernen. Wenn man jedoch die Wahl zwischen einer läppischen Minute Strumpfausschütteln hat und der Alternative, das komplette Wochenende, wo man sich ja eigentlich erholen will, wegen Blasen, Hautablösungen oder Ähnlichem nicht richtig auftreten zu können, sollte die Entscheidung nicht allzu schwer fallen. Zu guter Letzt müssen die Kampfstiefel so fest wie möglich geschnürt werden, was ruhig ein bisschen(!) weh tun darf! Denn nichts ist bitterer, als zu spüren, wie sich am Fuß etwas bildet (oder wenn man dies zumindest glaubt) und noch 12 Kilometer vor sich hat ...

Generell hatten die Märsche einen Vorteil. Gemäß „Tradition" hat man nach seiner Rückkehr (sofern sie innerhalb des Zeitlimits liegt) automatisch Dienstschluss. Für die 20 km hat man maximal 3,5 Stunden Zeit. Ich habe irgendwann meinen Rhythmus gefunden, so dass ich die Strecke immer in etwa 3 Stunden (+ - 10 Minuten schaffte). Jede Minute mehr wäre verschenkte Zeit gewesen, jede Minute weniger unnötig verschwendete Kraft. Leute, die von Krafteinteilung nichts verstanden, gab es genug. Zum Teil mit Grinsen und zum Teil mit Kopfschütteln bedachte ich jene Kameraden, die in der Kaserne drauf und dran waren, regelrecht zusammenzubrechen. Einzelpersonen, die etwa meinen Fitnessgrad hatten, lagen halbtot auf dem Boden. Ich war noch verhältnismäßig „fit", obwohl ich mir lediglich 10 Minuten mehr Zeit gelassen hatte. Bezogen auf die Gesamtstrecke ist das nur minimal langsamer – doch dies war eben MEIN Rhythmus. Und die Unterschiede in der körperlichen Verfassung, in der wir „durchs Ziel" gingen, waren deutlich sichtbar. Es lohnt sich daher wirklich nicht, wegen ein paar einzelnen Minuten mit sich zu kämpfen! Kam man gegen halb acht morgens los, konnte man also gegen halb elf wieder in der Kaserne sein und sich nach Duschen und Umziehen bereits um 11 Uhr mit Dienstschluss Richtung Heimat aufmachen. Wenn man sich in einer Fahrgemeinschaft befand, war es natürlich von Vorteil dafür zu sorgen, dass man nicht viel später ankam als der Fahrer. Ich hatte durch meine Körpergröße den Nachteil, dass meine Schrittlänge verhältnismäßig klein war. Für die Geschwindigkeit, die viele der Kameraden meiner TE durch zügiges Gehen erreichten, musste ich schon in einen leichten Trab verfallen. Daher war ich meist allein unterwegs, denn meine Fortbewegung bestand aus Intervallen. Zügig gehen, ein Stück sprinten, zügig gehen, ein Stück sprinten. Dieses zügige Gehen hatte ich im früheren Leben immer als anstrengend empfunden. Unter den neuen Umständen musste ich es nun als das genaue Gegenteil betrachten, als eine Art „Erholungsphase"! Die eigene Lieblingsmusik war mir persönlich eine sehr große Hilfe, wenn es darum ging, sich abzulenken. Ohne hier Werbung machen zu wollen, aber mein MD-Player von Sharp (MD-MT20 H) eignete sich hierfür hervorragend, denn er passte mit seinen Abmaßen perfekt in die Brusttasche der Uniform. Nur beim Sprinten hielt man ihn besser fest ... Ab dem zweiten Marsch hatte ich ihn immer dabei, zur Sicherheit in einer kleinen Plastiktüte verpackt. Dies schien mir sinnvoll, denn beim ersten Marsch hatte es mein Schweiß durch drei(!) Lagen Stoff PLUS meinen Rucksack geschafft. Selbst die Isomatte im Rucksack war noch feucht gewesen. (Damals wusste ich noch nicht, dass das Drecksding im Alter von nur 5 Jahren mit einem Serienfehler(?) den Geist aufgeben würde. Aber heutzutage hätte man sowieso seinen mp3-Player oder gleich das Smartphone zum Musikhören – damals noch unbekannte Zukunftsvisionen.)

Ansonsten versuchten wir, uns an unseren neuen „Bw-Alltag" zu gewöhnen. Als alleiniger Bewohner einer 2-Mann-Stube war ich es mittlerweile gewöhnt, nachts durchaus die eine oder andere Stunde Schlaf zu kriegen. Vielleicht sogar schon etwas zu viel. In meinem Heimatstandort gab es abends nicht so wahnsinnig viele Möglichkeiten, etwas zu unternehmen. So hatte ich schnell eine gewisse Routine entwickelt. Den Tag schnell rumbringen, 16:30 Uhr Abendessen, zügig Richtung Stube bewegen (aber vorsichtig ob des beinahe platzenden Magens!), um rechtzeitig um 17:00 Uhr vor dem Fernseher zu sitzen. Normalerweise konnte und kann ich Familienserien generell nicht leiden, schon gar nicht die amerikanischen, aber mit „Wunderbare Jahre" machte ich tatsächlich meine erste und bislang einzige Ausnahme. Zu sehr hatte ich mich daran gewöhnt (Kunststück, wenn nichts anderes um diese Zeit lief), als abends noch darauf verzichten zu können. Wer kennt ihn schon nicht, den jungen Kevin Arnold, der mit Berichten aus seiner Jugend seine Zuschauer unterhält und feststellen muss, das das Erwachsenwerden gar nicht so einfach ist. Vor allem gefielen mir dabei die Kommentare, die der Erzähler immer rückblickend auf sein Leben brachte ([...] „Woher nehmen sich Mütter eigentlich das Recht, einem im Kaufhaus beim Kauf einer neuen Hose in aller Öffentlichkeit in den Schritt zu fassen, um dann triumphierend festzustellen ‚Da ist ja noch jede Menge Platz drin!?' [...]").
Um 17:30 Uhr, nach Ende der Serie, zappte ich dann durch die unterschiedlichsten Nachrichtenmagazine, um überhaupt mitzukriegen, was sich außerhalb der Kasernenmauern so abspielte. Mit Super Nintendo spielen wurde dann die Zeit bis 19:00 Uhr überbrückt – „Simpsons Zeit". Die Simpsons zu gucken hatte man mir erst beim Bund (in der AGA) angewöhnt, und bis heute bin ich nicht mehr davon los gekommen. Von 19:30 – 19:55 Uhr war dann noch Galileo dran. Nach den ProSieben Nachrichten hieß es dann: Zähneputzen, evtl. duschen, und gegen 20:15 Uhr – also normaler Spielfilmzeit, lag ich im Bett! Zum einen, um morgens wenigstens nicht allzu verschlafen auszusehen, und zum anderen, weil sich auch kaum eine Alternative bot. Auf einen Aufenthalt im verqualmten Mannschaftsheim konnte ich nämlich nur zu gut verzichten. Der größte Nachteil an dieser Gewohnheit zeigte sich an

den Wochenenden, wo ich beim Zocken mit meinem Bruder spätestens 20:30 Uhr Gefahr lief, auf dem Fußboden einzuschlafen. Wenn man erst einmal in so einem Rhythmus drin ist ...

Unser Dienstalltag begann zuerst noch unter Aufsicht eines Vorgesetzten (Reinigen von Bw-Material jedweder Art), bevor wir, einige Monate später, auch selbständig mit anderen Aufgaben betreut wurden. Das Verhältnis unter den Kameraden war aber recht gut. Kaum war der Vorgesetzte mal einen Augenblick verschwunden, hatten wir nichts als Unfug im Kopf. Ein Kamerad griff sich damals z.B. mal einen Einmal-Latexhandschuh, blies ihn wie einen Luftballon auf und verknotete ihn. Dann zeichnete er ihm mittels Edding noch ein passendes Gesicht – fertig. Der Daumen des Handschuhs sah nun wie eine Nase aus und die restlichen vier Finger erinnerten schnell an einen „Irokesenschnitt". Als wir uns dann dieses „Ding" mit den Füßen gegenseitig zukickten, sagte der Kamerad, der es „erschaffen" hatte, nur ganz trocken: „Jaaaa, tretet den Punk zusammen!!"

Ansonsten achtete man halt darauf, dass man den Tag möglichst gut überstand – um sich ja nicht überanzustrengen. Unser Uffz (Unteroffizier) schickte mich und einen weiteren Kameraden einmal los, um vier 20-Liter-Kanister mit Diesel zu besorgen. An der kaserneneigenen Tankstelle angekommen, ließ mich der Kamerad unter Ausnutzung seines höheren Dienstgrades die gesamte eigentliche Arbeit verrichten, während er es seinerseits vorzog, mit dem Tankwart einen kleinen Plausch zu halten. Ich wusste aber, dass mein Kamerad es hinterher gegenüber dem Uffz wieder so würde aussehen lassen, als ob er allein natürlich wieder der „tolle Hecht" sei, der sich um den Sprit gekümmert hätte. Leider hatte ich damals noch nicht erkannt, dass ich gegenüber diesem Kameraden gar nicht so „gehorsam" hätte sein müssen, sonst hätte er brav mit anfassen dürfen! Wie auch immer, ich füllte die Kanister – natürlich nur so voll, bis die (bis zum Anschlag hineingesteckte) Zapfpistole automatisch abschaltete. Auf diese Art waren die Kanister erfreulich gut in den wartenden Bulli zu verfrachten (mein Rücken sagt heute noch „Danke!"). Mein Kamerad unterschrieb noch schnell für den empfangenen Sprit und nachdem wir selbigen bei unserem Uffz abgeliefert hatten, wandten wir uns wieder den Tätigkeiten zu, denen wir auch vor dem „Spritholen" nachgegangen waren. Wenige Minuten später hörte man einen völlig fassungslosen Uffz mit der Tankliste in der Hand: „63 LITER?! WIESO HABT IHR MIR 63 LITER BE-

SORGT!? Also, ich hab' euch vier 20-Liter-Kanister mitgegeben – sollten es nicht demnach 80 Liter sein??" Ich (mit dem extra dummen Gesichtsausdruck eines Idioten, der darauf auch noch stolz zu sein schien): „Klar – ich hab' jeden Kanister so voll gemacht, bis die Automatik abgeschaltet hat!" Diese Aussage (und vor allem der Tonfall!) war wie eine ausgeworfene Angel – und natürlich biss der Uffz sofort an: „Ooooh Puch! Da hält man die Zapfpistole nur ganz vorsichtig rein. Dann kann man die Kanister auch bis oben hin voll machen!" So 'n Schlaumeier! Als ob er sich nicht hätte denken können, dass man viel lieber viermal 15 kg schleppt als viermal 20 kg! Mein Kamerad wollte sich verteidigen: „Ich kann da nichts für, ich hab' ja nur für den Sprit unterschrieben, äh ..." Ihm wurde wohl gerade bewusst, dass er damit seine Faulheit mal wieder offen eingestanden hatte. Aber den anderen war sowieso klar gewesen, dass er keinen Finger gerührt hatte. Dass mich in den nächsten Tagen ab und zu ein gewisses Geläster begleiten sollte, war mir völlig egal, denn mir war klar: Jedes Geläster verstummt irgendwann. Auf alle Fälle deutlich schneller, als eventuelle Rückenschmerzen hätten wieder verschwinden können. Beispiel sei der heutige Tag. Das Geläster ist schon längst vergessen – doch meinem Rücken geht's heute immer noch prächtig!

In der Woche vor Weihnachten gab es dann für mich die erste Abwechslung: Ein weiterer Lehrgang stand für mich an, und er sollte nicht in meinem Heimatstandort stattfinden. Es war der B-Fort. Das bedeutet Führerschein Klasse „B" für Fortgeschrittene. Für Fortgeschrittene, weil alle Teilnehmer bereits ihre zivile Fahrerlaubnis besaßen. Es ging nur darum, auch die grünen „Bw-Autos" fahren zu dürfen. Und dafür ein einwöchiger Lehrgang! Die theoretische Teil war noch harmlos – aber es war auch eine (einzelne) Praxisstunde mit Lehrer vorgesehen. Sie war die Hölle. Führerscheininhaber Hand aufs Herz: Wer erinnert sich denn knapp anderthalb Jahre nach seiner zivilen Führerscheinprüfung noch daran, dass man beispielhalber mit nicht mehr als 30 km/h einen Bahnübergang überquert? In unserer Gruppe waren auch zwei Zivilisten, die ihren Führerschein schon über mehrere Jahrzehnte besaßen. Ich will nicht wissen, wie schwer es denen gefallen sein muss, sich noch einmal zu 100% an die Straßenverkehrsordnung zu halten ... Aber aus versicherungstechnischen Gründen sind über 20 Jahre Fahrpraxis eben nicht ausreichend, selbst, um nur einen alten „grünen Bw-Golf" zu bewegen. Nein, ein einwöchiger Lehrgang tut Not! Am meisten schmerzte es mich, mich damals in meiner „Fahrstunde" innerorts auf einer Ausfallstraße hupend überholen lassen zu müssen. Zugegeben, meine 50 km/h waren nicht wahnsinnig schnell, aber wenn's doch nun mal die erlaubte Höchstgeschwindigkeit ist und der Lehrer auf dem Beifahrer sitzt?

Der Witz an dem Führerschein: Man darf damit nur das Kfz fahren, auf dem man die Prüfung gemacht hat, in diesem Fall war es ein Golf II. Für jedes andere Auto, und sei es nur ein Golf III, wären eine neue Einweisungsfahrt (mit einem Kameraden) sowie eine Überprüfungsfahrt (durch einen Kraftfahrfeldwebel) notwendig. Erneut versicherungstechnische Gründe!

Der zweite Witz: Knapp 70% der Soldaten werden im Schnitt von der Bundeswehr im Hinblick auf einen möglichen Führerschein als „nicht tauglich" eingestuft. Egal, ob nun Leistungssportler, Berufskraftfahrer o.ä.. Weiß der Geier, nach welchen Kriterien die das bewertet haben.

Wettertechnisch lag der Termin des Lehrgangs perfekt, fast die ganze Woche Glatteis! Untergebracht wurde ich für die eine Woche auf einer 4-Mann-Stube, die ich mir jedoch mit nur zwei anderen Kameraden teilte. Diese Kameraden waren ebenfalls nur für einen Lehrgang dort, allerdings machten sie ihren „BCE", den LKW-Führerschein. Ihr Lehrgang dauerte insgesamt 6 Wochen. Fünf waren schon rum und ihre letzte verbrachten wir nun gemeinsam. Da man in dem Ort nach Dienstschluss noch weniger anstellen konnte als in meinem Heimatstandort, gab ich der „speziellen Bitte" der beiden Kameraden nach: Um abends nicht vor lauter „Nichtstun-können" dem Wahnsinn zu verfallen, hatten sie sich (nur für ihre Stube!) einen eigenen Zapfenstreich für 19:00 Uhr auferlegt. Da ich es sowieso gewohnt war, um 20 Uhr zu Bett zu gehen, stimmte ich kurzerhand zu. Eine Stunde mehr oder weniger – was soll's? Diese Nächte habe ich jedoch bis heute nicht vergessen können. Wenn man eine Woche lang wirklich jeden Tag nachts knapp 12 Stunden im Bett liegt, nimmt man die Zeit irgendwann ganz anders wahr. Jeden Morgen beim Aufstehen hatte ich das Gefühl, eine ganze Woche im Bett gelegen zu haben. Ich war bestimmt zehnmal die Nacht wach gewesen und konnte mich immer an rund fünf verschiedene Träume aus der jeweiligen Nacht erinnern. In meinem bis dahin gehenden Leben erinnerte ich mich bestenfalls an zwei Träume im Monat, wenn überhaupt. Selten hatte ich die Gelegenheit, so deutlich zu erfahren, was einem beim Träumen so alles für ein Schwachsinn durch den Kopf gehen kann ...

Die Woche ging aber zügig rum und die praktische Prüfung stand unmittelbar bevor. Diese enthielt neben der Prüfungsfahrt auch noch einen technischen

Teil, in dem jedem Prüfling eine spezielle Aufgabe zugeteilt wurde. Der Kamerad vor mir musste etwas im Motorraum erklären. Ich sollte zeigen, wie man einen Reifen wechselt. Ich hatte gerade den Wagenheber herausgeholt und wollte ihn ansetzen, als mich der Prüfer unterbrach: „Moment mal! Das ist aber nicht die richtige Stelle, um das Gerät anzusetzen! Sie müssen etwa 6 cm weiter nach hinten!" Ich entgegnete: „Aber hier ist doch eine spezielle Kerbe!" Der Prüfer: „Blödsinn! Das ist ein Schaden in der Karosserie!" Entrüstet über sein barsches „Blödsinn" ließ ich mich zu einem großen Fehler hinreißen, indem ich ihm direkt widersprach: „Nein! Das ist schon der richtige Ansatzpunkt! Können Sie mir glauben! Ich fahre privat auch einen Golf II und habe vor drei Wochen erst meine vier Winterreifen aufgezogen!" Mein PC hätte diese verbale Entgleisung wohl nur mit „Schwerer Ausnahmefehler" kommentiert. Nicht anders reagierte der Prüfer, indem er mir postwendend als Einzigem eine zweite Aufgabe stellte: „So? Na, wenn Sie sich da so sicher sind, dann können Sie das doch am besten mal aus der Bedienungsanleitung heraussuchen!" Diese hatte ich, zugegebenermaßen, noch nie in der Hand gehabt – Bedienungsanleitungen sind was für Nutten und Weicheier! Trotzdem galt: Wer lesen kann, ist klar im Vorteil. R..., Reifenpanne ..., Reifenwechsel. „Na bitte!" Aufgeschlagen, Beweis gefunden, dem Prüfer unter die Nase gehalten. Sein Kommentar: „Ok, Sie haben Recht gehabt." Ist es nicht herrlich, dass selbst ein Prüfer während einer Prüfung vom Prüfling noch etwas dazu lernen konnte? Dieses war der letzte Abschnitt und alle Teilnehmer des B-Fort erhielten zum Schluss ihre Bw-Fahrerlaubnis. Der Nachteil daran: Als Soldat hat man eine Vorbildfunktion. Folge: Wenn man sich im Privatleben etwas leistet, was einen den Führerschein kostet, wird man vom Bund dafür auch noch belangt (sofern man selbst eine Bw-Fahrerlaubnis besitzt). In diesem Fall ist man nämlich verpflichtet, über den Verlust der zivilen „Pappe" Auskunft zu geben. Erst mal verliert man dann auch noch den Bw-Schein (welch ein Verlust) und ein Diszi (Disziplinarverfahren) kriegt man normalerweise auch noch an den Hals. Also musste man im Zivilleben fortan doppelt aufpassen.

Der Freitag, an dem ich mich dann Richtung Heimat aufmachte, war der 22.12.2000. Weihnachtsferien!!! Zum ersten Mal seit Beginn des Wehrdienstes ein „größerer" Zeitraum ohne den Bund!

Januar, und schon ging das Drama weiter. In diesem Monat erreichte ich den absoluten Tiefpunkt meiner Bw-Zeit. Ich war psychisch völlig am Ende – nie hatte ich Routine als so schlimm empfunden. Die Arbeit war beschissen stumpfsinnig und die Zeit ging nicht rum. Und nach Dienstschluss fast immer der gleiche, bereits einmal erwähnte, trostlose Ablauf. Immer dieselben Serien im Fernsehen zu exakt derselben Zeit. Jeden Tag zur gleichen Zeit im Bad die Zähne putzen und zur gleichen Zeit ins Bett. Am nächsten Tag dasselbe. Tagein, tagaus. Wochenende mit Schlechtwetter. Neue Woche, alles von vorne. Ein Kreislauf, der kein Ende zu nehmen schien. Was mir anfangs beinahe etwas Spaß gemacht hatte, wandelte sich nun in das genaue Gegenteil. Zusammen mit der engen Stube, den grauen Wänden und der Langeweile stürzte ich in das tiefste Tal der Depressionen, das ich je in meinem Leben durchschreiten musste. Am besten verdeutlicht dies wohl ein Kurztext, welchen ich an einem Wochenende zu Hause, mitten in dieser Depressionsphase, verfasst habe:

Der Tag

Ein Tag wie so viele andere. Die Sonne geht morgens auf und abends wieder unter – auch wenn man sie nicht sieht ...
Es ist Wochenende und ich bin zu Hause. Gegen Abend fällt mir langsam aber sicher die Decke auf den Kopf. Deshalb beschließe ich, mal 'n kleinen Spaziergang zu machen, nur einmal „um den Block". Dass es draußen schon dunkel geworden ist und darüber hinaus auch noch regnet, stört mich dabei nicht. Schließlich gibt's ja Regenschirme.
Als ich im Dunkeln in der Garage meine Handschuhe anziehen will, habe ich erst mal Pech mit dem Pech. Ich bin nicht wirklich verwundert, als ich feststelle, dass ich gerade versuche, den linken Handschuh auf die rechte Hand zu ziehen. Ich tausche die Handschuhe im Dunkeln, jedoch passt meine Hand immer noch nicht hinein! Ach so, ich hatte zu Anfang den richtigen Handschuh – bloß verkehrt herum gehalten. Was soll's, war ja auch dunkel ...
Ich angele mir einen Schirm und mache mich auf den Weg. Aufgrund der Windrichtung entschließe ich mich dazu, die Strecke „rechtsherum" zu gehen. GNATSCH! Nanu? Was war denn das? Ach so, bin in 'ne Pfütze getreten. Und das, wo ich gerade wasserdurchlässige, abgelatschte Halbschuhe anhabe ...
Meiner Meinung nach sollte so was nicht ausreichend sein, um sich einen Spaziergang verderben zu lassen, bevor dieser überhaupt erst richtig begonnen hat – aber musste das denn ausgerechnet schon nach 12 Metern sein?
Ich komme durch die erste Kurve. Gerade will ich mir sagen, wie angenehm doch diese Stille, gepaart mit dem Tröpfeln des Regens auf meinem Schirm,

ist, als ich aus der Ferne Kirchenglocken höre. Obwohl sie einen eher fröhlichen Klang haben, fühle ich mich plötzlich wie auf dem Weg zu meiner eigenen Beerdigung.

Ich frage mich, warum ich mich eigentlich zu einem Spaziergang entschlossen habe. Nur weil ich so was seit bestimmt zehn Jahren nicht mehr gemacht habe, noch dazu alleine und bei mittelgroßtropfigem Dauerniederschlag sollte das doch wohl noch lange kein Grund zur Beunruhigung sein ...

Was drückt denn da plötzlich im linken Schuh? Bloß 'n kleiner Stein. Echt ätzend, man sollte ihn vielleicht doch besser entfernen. Jedoch ist daran in diesen klobigen Handschuhen gar nicht zu denken. Man müsste sie ausziehen, nur wie kriege ich sie danach wieder an? Mit einem Regenschirm in der Hand? Ich würde doch bestimmt nass!!! Was soll's. Wen stört denn schon so ein kleines Stück tote Materie, das harmlos im Schuh überdauert und höllisch drückt?

Ich beschließe, einfach weiterzugehen. Was ist denn jetzt im rechten Schuh los? Hm, das muss diese kleine Hautablösung von dem 20 Km-Leistungsmarsch von gestern sein ... Also wieder kein Grund zur Besorgnis! Wenigstens trage ich meine schöne neue Winterjacke und es ist gar nicht mal sooo kalt. Warum zum Teufel friere ich?

An der Ecke, auf einer Wiese, auf der ich als kleines Kind unter anderem auch gespielt habe, steht ein komisches Schild, welches das umliegende Land als Baugrundstück deklariert, welches käuflich zu erwerben ist. Immerhin ist die Kontaktadresse keine 0190-Nummer ...

Aber ehrlich – das stört mich! Da muss diese arme, unschuldige Wiese herhalten, damit sich rücksichtslose Menschen darauf ein schönes, warmes, luxuriöses Prachthaus aus dem Boden stampfen können, während sich unsereiner mit mehreren Personen beim Bund 'ne Stube teilen muss, die von ihrer „Größe" her nicht nur der Klaustrophobie überaus förderlich ist, sondern darüber hinaus jeden halbwegs normalen Häftling dazu veranlassen würde, auf höchster Ebene auf seine Menschenrechte zu pochen, da sogar Gefängniszellen größer sind. Ach, ich sollte mich wirklich mal zusammenreißen. Die Leute in Sibirien haben es doch noch viel schlechter. Immerhin habe ich das ehrenvolle Gefühl und die Gewissheit, mein Vaterland verteidigen zu dürfen. Bleibt nur die Frage, wie ich das anstellen soll, wenn ich praktisch gezwungen bin, die Tage auf verqualmten Büros und meiner platzarmen Stube regelrecht abzusitzen, wenn ich nicht gerade mal wieder von einer ABM zur anderen gehetzt werde ...

Also heißt es immer nur brav „Jawohl!", wenn ich wieder so 'n Auftrag kriege von Vorgesetzten, die deutlich mehr auf der Schulter haben als ich. Auf deren geistigen Horizont möchte ich lieber nicht eingehen, wenn mal wieder so 'ne abfällige Bemerkung über die „ach so unfähigen Abiturienten" fällt ...

Was soll's? Jede Armee dieser Welt ist Zufluchtsort für den einen oder anderen Zivilversager ...

GNATSCH! Schon wieder in 'ne Pfütze getreten. Ist aber auch verflixt dunkel hier ...

Ich beschließe, mich nicht aufzuregen und betrachte lieber das Haus, an dem ich gerade vorbeigehe. In gewisser Weise stellt es einen Teil meiner Kindheitserinnerungen dar. PLATSCH! Der Regen fegt mir ins Gesicht. Hätte den Schirm nicht so hoch heben dürfen, nur um dieses alberne Haus zu betrachten! Was soll's ...

Ich gehe um die nächste Ecke. Dort parkt ein PKW, der das Licht angelassen hat. Ich stelle mir vor, wie das Licht bis zum nächsten Morgen auf natürliche Weise erloschen ist, und die Batterie verzweifelt um Gnade winselt, wenn sie auf Wunsch des Besitzers das Auto starten soll (HeHeHe!). Was war das? Zum ersten Mal auf diesem Spaziergang huscht ein flüchtiges Lächeln (wohl eher ein schadenfrohes Grinsen) über meine Lippen. Das erste Lächeln auf dem Spaziergang, oder das erste an diesem Tag? Oder in dieser Woche? Egal ...

Hui!!! Unter einer Laterne schimmert die UrUrUrgroßmutter aller Pfützen. Wenn ich da reingetreten wäre, hätte sich mein Puls bestimmt auf ein ungesundes Niveau erhöht! „ßß$§&$$&!!!" Wieso kommt dieser vermaledeite Wind jetzt plötzlich von vorne? Ach, was soll's ...

Auf der linken Straßenseite steht ein Haus. Knallgelb mit quietschdämlichem Lila! Selten so 'n hässliches Haus gesehen. War der Besitzer etwa noch verzweifelter als... – na egal. Oder ist das vielleicht die Patentlösung, um Steuereintreiber und lästige Bittsteller zu vertreiben? „Jo", denke ich nach weiteren zwei Metern und fühle meinen Verdacht erhärtet, denn es duftet nach gebratenen Hähnchenkeulen. Ich hasse Hähnchenkeulen! Aber diese Gewürzmischung daran ... Verdammt riecht die guuuut!!! Bestimmt irgendein streng geheimer orientalischer Importartikel. Ein Insidertipp, sozusagen ... Jetzt bin ich mir sicher – diese Leute haben GELD! Ich beschließe, mir diese Gelb-Lila-Lackierung vorzumerken. Könnte ja sein, dass ich auch mal 'n Haus baue ...

Ich weiche brav einem vorbeifahrenden Auto aus, an den linken Straßenrand. GNATSCH!!! Ich bin nicht verwundert ...

Das Kirchenglockenläuten kommt wieder näher. Klar, ich gehe ja auch im

Kreis. Natürlich(!) meine ich den Spaziergang und nicht das Leben!
Ich biege ab, sozusagen auf die Zielgerade nach Hause. Mir kommen zwei
Damen mit Regenschirmen entgegen. Sie schnattern wie Gänse auf dem Weg
zur Schlachtbank, die sich kurz vor dem großen Exitus noch schnell alle noch
so belanglosen Dinge mitteilen müssen. Meine gute Erziehung verlangt von
mir, ihnen einen Guten Abend zu wünschen, jedoch will ich sie nicht unterbre-
chen und schweige, wofür ich, so scheint es mir, dankbar angelächelt werde.
Ungefähr 40 Meter trennen mich nur noch von zu Hause – nichts kann mehr
schiefgehen. GNATSCH! Natürlich rege ich mich nicht auf. Ich sagte doch,
ich bin fast zu Hause! Die letzte Kurve, runter vom Fußweg ins dunkle...
GNATSCH! (Kein Kommentar) Ich öffne die Garage und bemerke kaum, wie
mir von selbiger eine nicht unerhebliche Flut von Wasser direkt in meinen
(eigentlich doch so spärlichen) Ausschnitt läuft – was soll's ...
Ich ignoriere den Lichtschalter beim Betreten der Garage und werde von
tiefer Dunkelheit verschluckt. Ich bin tatsächlich wieder zu Hause ...
Jetzt weiß ich sogar, was wirklich fehlt. Eine süße, weibliche Person zum
Beispiel, die wie ein Sonnenstrahl Licht in dieses manchmal etwas eintöni-
ge Dunkel bringen könnte und einem, wie grau das Wetter auch immer sein
mag, durch ihre pure Anwesenheit Goldene Zeiten bescheren würde.
Wenigstens bleibt eine untrügliche, unerschütterliche, knallharte, beruhigen-
de Gewissheit:

ES KANN NUR NOCH BESSER WERDEN... ...oder???

So viel dazu! Zur Beruhigung: Diese Depri-Phase hatte ich nach etwa 2 Monaten hinter mir – fürs erste! Was mich am meisten erschreckt, wenn ich diesen
Text jetzt nach knapp zwei Jahren noch mal betrachte, ist, wie gleichgültig ich
doch zur damaligen Zeit war. Das Wortpaar „Was soll's" taucht alleine schon
sechsmal auf. Und immer dann, wenn es einen Grund gab sich aufzuregen, bin
ich ganz ruhig geblieben, als hätte ich nicht mal mehr die Kraft mich zu ärgern – und das soll bei mir schon was heißen! Das war an dem Tag echt krass,
ich bin praktisch von einer Pfütze in die nächste gestolpert und dennoch die
Ruhe selbst geblieben. Heutzutage würde ich in einer solchen Situation sofort
an die Decke gehen.

Januar / Februar lernte ich dann auch erstmals, was es bedeuten sollte, ein

BWK-Fahrer zu sein. Eigentlich verfügt jede Kaserne über ihren eigenen San-Bereich, jedoch müssen sich Soldaten manchmal für gewisse Spezialuntersuchungen in einem richtigen „Bundeswehrkrankenhaus" einfinden. Auch kompliziertere Behandlungen, wie etwa Operationen, können normalerweise nicht in einem „einfachen" San-Bereich durchgeführt werden. Generell ist daher jede Kaserne verpflichtet, eine Art Fahrdienst zwischen der Kaserne und dem nächstgelegenen BWK aufrecht zu erhalten. Konkret heißt das: Jeden Tag muss ein KFZ zum BWK und wieder zurück fahren. Ein normaler Ablauf sieht so aus, dass man (frühmorgens) in der Kaserne die Patienten einlädt, die zum BWK müssen. Bei Ankunft an selbigem setzt man sie dann noch vor den entsprechenden Teilgebäuden ab (Röntgen, Kieferchirurgie, oder was auch immer), nimmt evtl. noch einige für die Kaserne bestimmte Medikamente auf und hat danach erst mal Pause. Mindestens einige Stunden, denn so lange dauert es, bis wieder alle Kameraden da sind, die wieder mit zurück in die Kaserne müssen. Normalerweise wird der BWK-Fahrer vom Personal des San-Bereichs gestellt. Bei uns kam es jedoch immer wieder zu „Engpässen", weshalb ständig Kraftfahrer aus anderen Kompanien dafür herangezogen wurden. Nach meinem „B-Fort" im vergangenen Jahr war nun auch ich ein potentielles „Opfer", denn inzwischen hatte ich in meinem Heimatstandort bereits sowohl eine Einweisungs- als auch eine Überprüfungsfahrt auf einem T2-Bulli (8-sitzig) erhalten. Verrückt – eine Dreiviertelstunde bin ich mit einem Kameraden (ein Militärkraftfahrer, der dieses KFZ bereits fahren durfte) durch die Gegend gejuckelt, und danach fuhr ich noch mal eine knappe halbe Stunde mit einem Kraftfahrfeldwebel zur Überprüfung. Danach erhielt ich einen Eintrag in mein Fahrtenbuch, und fortan hatte ich sozusagen eine „Zulassung" für einen T2! Ich habe nie herausgefunden, warum Kraftfahrer bei ihren Einsätzen (BWK-Fahrer, KvD, etc.) beinahe grundsätzlich so einen alten, gammeligen Bulli zugewiesen bekamen. Klar, wenn man 5 – 6 Patienten zu transportieren hat, ist das sicher vertretbar, in der Praxis waren es aber im Schnitt immer nur 3 – 4. Mit einem Golf wäre man schneller und vor allen Dingen sparsamer unterwegs gewesen, denn der T2 schluckte schon mal bis zu 17 Liter auf 100 km. BWK-Fahrten waren bei den Fahrern meist unbeliebt, denn man musste früher aufstehen und war fast grundsätzlich erst zum Dienstschluss gegen 16:30 Uhr wieder zurück in der Kaserne (in Einzelfällen auch mal deutlich früher bzw. später). Begonnen hatte für mich alles damit, dass an irgendeinem Donnerstagabend ein Kamerad auf meiner Stube auftauchte und mir eröffnete, dass ich am nächsten Tag zum BWK fahren sollte. Er hätte das mit unserem TE-Führer bereits alles abgeklärt – wie reizend von ihm! Zu diesem Zeitpunkt wusste ich noch gar nicht, was eine BWK-Fahrt überhaupt sein sollte und das war wohl auch gut so, denn meine erste Fahrt sollte die mit Abstand Schlimmste von allen werden. Wie bereits erwähnt war man normalerweise erst zum Dienstschluss wieder in der Kaserne. An einem Freitag war aber schon gegen 11:30 Dienstschluss, was den Kameraden vor ein unlösbares Problem stellte. Er befand sich in einer Fahrgemeinschaft und im Falle einer verspäteten Rückkehr vom BWK, deren Wahrscheinlichkeit an einem Freitag bei annähernd 100 % lag, hätte er keine Möglichkeit, über das Wochenende nach Hause zu kommen, da er ja nicht von seinem Fahrer erwarten könnte, stundenlang auf ihn zu warten. Zufällig wusste ich, dass er auch sein eigenes Auto in der Kaserne hatte, jedoch entgegnete der Kamerad nur, dass sein Tankinhalt nicht mehr bis nach Hause (Richtung Berlin) reichen würde. Ich fragte ihn, ob er schon mal was von Tanken gehört hätte, was er jedoch mit „Kein Bargeld mehr" zurückwies. Auf meine verdutzte Frage, ob er denn keine Scheckkarte habe, druckste er nur: „Was soll ich denn machen, wenn mir die Bank kein Geld mehr gibt?" Jetzt wusste ich, woran ich war. Handy haben und starker Raucher sein, aber nicht mal mehr genug Kohle, um alleine nach Hause zu kommen. Mir fehlte das Verständnis, denn ich wusste, dass er exakt 1.950 DM (~ 1000 €) im Monat an Sold erhielt – mal im Vergleich zu meinen etwa 600 DM (~ 310 €), mit denen ich hingegen problemlos haushalten konnte. Wie verprasst man wohl auf die Schnelle knapp 2.000 DM im Monat? Der Kamerad lieh sich übrigens häufiger von anderen Soldaten Geld. Nach einem Zahltag zahlte er es dann aber auch so schnell wie möglich zurück, um nach außen hin den Eindruck des „verlässlichen Schuldners" aufrecht zu erhalten. Normalerweise befand ich mich auch in einer Fahrgemeinschaft, jedoch waren mein „Fahrkollege" und ich ausgerechnet in dieser Woche aus organisatorischen Gründen beide mit unserem eigenen Auto da, was mir jede Chance nahm, mich vor der BWK-Fahrt zu drücken. Also ging es Freitagmorgen los. Um 06:30 musste ich mich im San-Bereich melden. Zur Erinnerung: Das war die Zeit, wo ich sonst gerade erst aufstand! Mir wurde noch gesagt, dass die Kühlwasseranzeige des für die Fahrt vorgesehenen T2-Bullis defekt sei und ich mir daher um das Dauerblinken der entsprechenden Warnleuchte keine Gedanken machen müsse. Auf der Hinfahrt gab es dann die ersten Probleme. Das für meine Kaserne zuständige BWK lag in Bad Zwischenahn (nahe Oldenburg). Normale Fahrzeit pro Strecke eine Eindreiviertelstunde (105 Minuten). Die Genauigkeit der Wegbeschreibung des

Kameraden, für dessen Geldprobleme ich nun geradestehen musste, ließ sehr zu wünschen übrig. Tut mir leid, aber eine Autobahn und eine simple Bundesstraße sind für mich nun mal zwei verschiedene Paar Schuhe, weshalb ich ziemlich schnell vom „optimalen Kurs" abkam. Warum man in Deutschland die Bundesstraßen erfunden hat, erkennt man spätestens dann, wenn man sich querfeldein durchschlagen muss und zu allem Übel auch keine Wegbeschreibung mehr hat, denn die, die ich hatte, war nun durch das Abkommen vom geplanten Weg wertlos geworden. Aber – man ist ja nicht doof und schafft den Weg trotzdem – nach fünfmaligem Nach-dem-Weg-fragen und deutlich über zwei Stunden Fahrzeit. So weit so gut. Nachdem meine Patienten (gerade mal zwei Stück!) im BWK verschwunden waren, stellte ich mich zum Warten vor das Mannschaftsheim. Man hätte sich vielleicht irgendwas zum Zeitvertreib mitnehmen sollen! Während der Wartezeit fiel mir auf, dass ich den konfusen Weg, den ich zum BWK genommen hatte, niemals wieder zurückfinden würde. Wenn man mir wenigstens eine Karte mitgegeben hätte. In meinem Auto in der Kaserne lagen Straßenkarten für ganz Deutschland, während ich nun nicht mal wusste, wo ich eigentlich war! Aber ich musste ja unbedingt der Wegbeschreibung allein vertrauen. Die Aussage meines Kameraden „Ist ganz leicht zu finden!" war wohl zu überzeugend gewesen. Halt – Straßenkarten im Auto? Na klar, so was hat doch eigentlich jeder! Sofort machte ich mich auf den Weg zu dem zivilen Wachposten, den ich an der Einfahrt zum BWK gesehen hatte. Nach Schilderung der Situation war er sofort bereit, mit mir zu seinem Auto zu gehen und mir einen Einblick auf seine Straßenkarten zu gewähren. Endlich konnte ich nachvollziehen, wie verrückt mein Hinweg tatsächlich gewesen war. Es ist halt chaotisch, wenn man noch nicht mal die Himmelsrichtung seines Zielortes kennt, denn dass Bad Zwischenahn neben Oldenburg liegt, erfuhr ich erst jetzt. Ich wollte mir noch rasch eine möglichst günstige Rückfahrroute suchen, woraufhin der Wachmann nur sagte: „Du kannst die Karte ruhig behalten, ich krieg' ständig neue als Werbegeschenk." Ich konnte mein „Glück" kaum fassen und kam nicht umhin, mich artigst zu bedanken. Als Rückfahrstrecke suchte ich mir schließlich die A1 aus. Ich war sie noch nie selbst gefahren und hatte bisher nur schlechte Geschichten über sie gehört (ständig Stau, Unfälle, ...), doch glaubte ich, so auf jeden Fall möglichst schnell wieder zurück zur Kaserne zu gelangen. Nachdem meine Patienten wieder vollzählig waren, setzte ich mein Vorhaben in die Tat um. Die A1 war (Freitagnachmittag!) tatsächlich proppenvoll, aber mit guten 100 km/h war es, für die Verhältnisse eines T2s, ein recht zügiges Reisen! Die Hälfte der Strecke war schon geschafft, und nach der Odyssee der Hinfahrt schien sich endlich alles zum Guten zu wenden. Doch dann hörte ich, wie jemand bestimmt die Hälfte seiner Batterieleistung mit seiner Hupe verbrauchte. Bei meinem Blick nach links, wer denn da so verstört war, mich nicht ohne Huporgie überholen zu können, blickte ich in ein Gesicht, das so entsetzt aussah wie das eines Brokers nach dem Börsencrash Anno '29. Der Fahrer hörte nicht auf zu hupen wie ein Berserker und winkte wie ein Wahnsinniger zu mir herüber. Dabei schien er irgendwie auf das Heck meines Bullis zu deuten. Ich warf einen kurzen Blick nach hinten (wie man das bei 100 km/h halt so machen kann). Was ich in dem Sekundenbruchteil sah, ließ meinen Puls auf Maximum schnellen. Ein feiner, weißer Nebel drang in die Fahrgastzelle und auch konnte ich jetzt ein leises Zischen durch das laute Motorengeräusch hindurch hören. Im ersten Moment dachte ich, der Feuerlöscher sei ausgelaufen und fragte mich, warum keiner der Kameraden das bemerkt hatte, wo doch alle dichter „am Ort des Geschehens" dran saßen als ich. Dann erinnerte ich mich jedoch an meine morgendliche (übrigens vorgeschriebene) Kontrolle des Fahrzeugs. Der Feuerlöscher hatte dabei hinter dem Fahrersitz gestanden ... Moment, hatte der Bulli nicht Heckantrieb? „Neeeeeiiiiiinnnnnn!" Sofort schoss mein Blick auf die Temperaturanzeige des Kühlwassers, die mich doch eigentlich hätte warnen müssen. Der Zeiger stand tatsächlich oben am Anschlag, aber wie sollte das schon auffallen, wenn man durch das Dauerblinken der defekten Warnleuchte längst abgestumpft war und sie nicht mehr wahrnahm? SCHWUPP – sofortiger Stopp auf dem Standstreifen. Aus dem Motorraum schoss mir beim Öffnen erst mal eine üppige Dampfwolke entgegen. Überall tropfte Wasser aus dem Motor und verdampfte sofort wieder zischend beim Kontakt mit dem heißen Aggregat. Das war eine dieser Situationen, in denen man viel lieber auf Hawaii am Strand in den Armen einer hübschen Hula-Tänzerin liegen und einen Großfamilien-Freundschafts-Eisbecher löffeln würde. Alternativ wäre ich aber auch schon mit „Zu Hause sein und dem Regen beim Regnen zugucken" zufrieden gewesen. Doch ich musste feststellen, dass ich tatsächlich immer noch an der A1 stand – zusammen mit meinem schimpfenden Motor. Guter Rat teuer! Zumindest wusste ich jetzt, warum man uns auf dem B-Fort so pingelig genau erklärt hatte, wie man sich bei Fahrzeugschäden zu verhalten hat. Offensichtlich kannten die ihre „Gurken" schon genau. Anstatt also die Ausbildung in der Richtung zu intensivieren, hätte man vielleicht besser andere, neuere Fahrzeuge anschaffen sollen. Nun stellte ich fest, dass man als Soldat nie so alleine ist, wie es vielleicht ab und zu den Anschein haben kann. Binnen fünf Minuten hielt ein Auto vor uns und heraus stieg – ein mir völlig unbekannter Unteroffizier, der fragte, ob wir Hilfe bräuchten. Und noch mal drei Minuten später hielt ein weiteres Auto, diesmal hinter uns. Heraus stieg ein zivil gekleideter Mann, der sich als Oberleutnant ausgab und ebenfalls fragte, ob Hilfe benötigt würde. Da stand ich nun, auf dem Standstreifen der lärmenden A1, von lauter Vorgesetzten umgeben, neben den qualmenden „Überresten" meines Bullis, der mich so schmählich im Stich gelassen hatte und wünschte dem Kameraden, dem ich diesen ganzen Schlamassel verdankte, die Pest an den Hals. Auch, wenn er das natürlich nicht hatte ahnen können. Klar, dass mir nun auch die Frage gestellt wurde, ob ich zu schnell unterwegs gewesen sei. Ich beteuerte, dass ich mich an die von der Bw für ihre KFZs zugelassene Höchstgeschwindigkeit von 100 km/h gehalten hätte, was auch (beinahe) stimmte. Die beiden Vorgesetzten waren aber generell recht freundlich – zum Glück! Ich befürchtete, dass der Motor beim Fortsetzen der Fahrt Schaden nehmen könnte und mir womöglich hinterher die Schuld dafür gegeben würde. Daher rief ich zur Beratung den UvD meiner Kompanie an. Nach kurzer Rücksprache mit ihm entschloss ich mich, den Weg fortzusetzen und verabschiedete mich auch von den beiden Vorgesetzten. Immerhin schön zu wissen, dass man im Zweifelsfall nicht hilflos da steht – sie hätten ja theoretisch auch einfach vorbei fahren können. Das Schwierigste war nun, wieder in den fließenden Verkehr einzufädeln. Ich hatte bereits auf der Standspur ordentlich Schwung geholt und zog mit etwa 70 km/h in eine große Lücke. Der Motor beschleunigte nur sehr langsam und von hinten nahte daraufhin ein richtig fetter LKW heran. Der Fahrer hätte alle Zeit der Welt gehabt, um zu reagieren, aber nööö – er zog es vor, seine Geschwindigkeit unvermindert beizubehalten und entschloss sich stattdessen zu einer Art „Lichthupen-Amoklauf", frei nach dem Motto: Der wird schon gleich wieder auf die Standspur ziehen! Mein Selbstschutz und meine Vernunft hinderten mich schließlich daran, diesen Idioten Lügen zu strafen. Wenn ich damals mein Gewehr bei mir gehabt hätte, wäre ich womöglich schnell auf dumme Gedanken gekommen, denn gegen Leute, die bewusst andere Verkehrsteilnehmer gefährden, habe ich eine wahre Allergie.

Natürlich kommt nie eine Ausfahrt, wenn man eine braucht. Der Motor überhitzte sich sofort wieder und nach der nächstbesten Ausfahrt stellte ich den Bulli erst einmal auf einem Rastplatz irgendwo auf der Höhe von Vechta ab. Meine letzte Idee war, es noch einmal mit neuem Kühlwasser zu versuchen, da das alte nahezu völlig verdampft war. Der Tankstellenangestellte war mir gegenüber sehr freundlich und beschaffte mir umgehend eine Gießkanne mit Wasser. Manchmal war es wirklich praktisch, eine Uniform zu tragen! Nachdem neues Kühlwasser aufgefüllt worden war und der Motor Zeit gehabt hatte, um etwas abzukühlen, startete ich ihn erneut. Ohne ihn überhaupt zu belasten überhitzte er schon wieder nach zwei Minuten im Standgas. Es war alles zwecklos und ich rief erneut den UvD an, um ihm die Lage zu schildern. Mittlerweile war es Nachmittag und der Großteil der Kasernenbesatzung schon seit Stunden zu Hause im Wochenende. Schließlich entschied sich der UvD dazu, mit einem weiteren Bulli vorbeizukommen, um uns abzuschleppen. Er schien für die Abwechslung sogar dankbar zu sein, hatte er doch jetzt einen Vorwand, seine UvD-Stube während seiner 24-Std.-Schicht für einige Zeit verlassen zu können. Einer meiner Patienten hatte sich mittlerweile direkt vom Rastplatz von seinem Bruder abholen lassen. Dieser war Fernfahrer und zufällig in der Gegend gewesen. Mit dem anderen Kameraden wartete ich nun auf den UvD, während uns die Standheizung des Bullis davor bewahrte, in der Wartezeit einzufrieren. Im Gegenteil, es war geradezu mollig warm, so dass wir die Heizung zwischenzeitlich sogar ausstellen mussten. Endlich kam der UvD und das eigentliche Drama begann. 42 Kilometer abschleppen – wieder querfeldein und nun auch noch bei einsetzendem Schneeregen. Durch die Höchstgeschwindigkeit beim Abschleppen von 50 km/h schien sich die Strecke endlos hinzuziehen. Das Nervigste war, dass man ständig hoch konzentriert sein musste, da das Abschleppseil ziemlich kurz war. Endlich zurück in der Kaserne. Es wurde schon dunkel und mittlerweile waren die Straßen weiß. Den Bulli stellten wir gleich vor der „Inst" (Instandsetzung) ab – sollten die sich doch am kommenden Montag damit rumärgern! Nach alldem hatte ich nur noch einen Wunsch: Nach Hause! Dazu musste ich jedoch erst mal mit einem Handfeger mein Auto von einer zentimeterdicken Schneedecke befreien. Ich durfte gar nicht daran denken, dass ich sonst an einem Freitag um diese Zeit schon längst daheim gewesen wäre. Der letzte Patient von der BWK-Fahrt hatte nun überhaupt keine Chance mehr, nach Osnabrück zu kommen – sein Bus war schon vor Stunden abgefahren. Zu seinem Glück lag sein Fahrtziel auf meinem Heimweg, weshalb ich ihn mitnehmen konnte. Ich sagte nur: „Wenn du mich denn überhaupt noch als Fahrer ertragen kannst!?", was er mit einem Grinsen bedachte. Trotz des starken Wunsches, so schnell wie möglich nach Hause zu kommen, mussten wir es langsam angehen lassen. Überall lagen schon Autos in den weißen Straßengräben, umringt von Polizeiwagen, deren Blaulicht sich in der Schneedecke der umliegenden Landschaft reflektierte. So wollte ich diesen verkorksten Tag nun nicht auch noch beenden müssen. Glücklicherweise verlief meine Heimfahrt ohne weitere Zwischenfälle. Zu Hause ging ich schon eine Stunde nach meiner Ankunft zu Bett, denn ich spürte bereits leichte Kopfschmerzen. Und das, obwohl mich so was sonst nur zweimal im Jahr befällt – der Tag hatte Spuren hinterlassen.

In der darauffolgenden Woche erfuhr ich sogar noch den Grund für das Motorproblem. Einer meiner „Fahrgäste" arbeitete nämlich zufällig in der „Inst." Ein simpler Thermostat war defekt gewesen. Ein Motor besitzt zwei Kühlkreisläufe. Der erste (kleine) läuft sofort, wenn der Motor gestartet wird, hat jedoch praktisch keine Kühlwirkung, da der Motor ja erst mal seine Betriebstemperatur erreichen soll. Ist diese Temperatur erreicht, soll der Motor nicht mehr wärmer werden, weshalb dann mittels eines Thermostates, der diesen Zeitpunkt feststellt, der große Kühlkreislauf aktiviert wird, der dann wirklich spürbar den Motor kühlt. Eben dieser Thermostat war bei uns aber defekt gewesen. Nur der kleine (nutzlose) Kühlkreislauf lief. Folglich wurde der Motor fast gar nicht gekühlt, heizte sich verständlicherweise rasch auf und brachte dann seinerseits das bisschen Wasser im kleinen Kühlkreislauf zum Kochen, wodurch die weiße Dunstwolke entstanden war. Ein kaputter Thermostat für vielleicht 25 Cent hatte solch verheerende Auswirkungen gehabt. Meine erste BWK-Fahrt stand wohl unter keinem allzu günstigen Stern. Die Angewohnheit, fortan beim Fahren ständig nach der Kühlwassertemperaturanzeige zu gucken, habe ich bis heute nicht mehr ablegen können ...

Ende Februar – Zeit für einen weiteren Lehrgang. Zeit, das zu lernen, was eine der Hauptaufgaben meiner TE darstellte. Jawohl, Zeit für die ABC-ATN! Dieser Lehrgang sollte uns auf die Abwehr von atomaren, biologischen und chemischen Kampfstoffen vorbereiten. Das bedeutete wieder einiges an theoretischem Unterricht. Jedoch gab es auch praktische Anteile wie z.B. das Arbeiten (LKWs waschen) unter ABC-Schutz. Dabei trug man entweder den (recht leichten) sogenannten „Overgament" oder einen „Zodiak". Der Overgament ist eine Art Stoffanzug, in dessen Gewebe eine Schicht aus Aktivkohle eingearbeitet ist. Die Aktivkohle findet sich auch in ABC-Schutzmasken (merke: die umgangssprachlichen „Gasmasken" gibt es nicht!). Der Schutz dieses „Spezialkohlefilters" liegt darin, dass er die Kampfstoffe bindet und sie so aus der Atemluft filtert bzw. nicht durch den Spezialanzug dringen lässt. Der Zodiak hingegen ist ein Vollgummischutzanzug (7,8 kg). Bei ihm liegt der Schutz in der hermetischen Abschirmung seines Trägers von der Außenwelt. Nur durch die ABC-Schutzmaske gelangt (Atem-) Luft zum Träger. Im Prinzip waren diese Schutzanzüge nichts weiter als portable Ein-Mann-Ausführungen eines Türkischen Dampfbades. Das Anlegen dieses Anzugs kostet Zeit, ist mühsam, und in der Realität eigentlich nur mit Kameradschaftshilfe möglich. Einmal sollte getestet werden, ob die Zodiaks auch wirklich dicht sind und so besprühte man uns literweise mit VX-Kampfgas. Nein – bloß ein Witz! So was überlässt man dann doch besser den Amis. Bei uns sollte die Dichtigkeit mit Wasser geprüft werden, wofür man uns in die 1,5 Meter tiefe Panzerwaschstraße schickte. Um an das Wasser zu gelangen, mussten wir jedoch erst mal die dünne Eisschicht zertreten (Ende Februar!). Tja, ich stand schon bis zu den Oberschenkeln im eiskalten Wasser, als ich mit einem mal ein unbeschreibliches Gefühl in meinem rechten Fuß verspürte. Wie eine U-Boot Alarmglocke bimmelte es plötzlich in meinem Kopf: Wassereinbruch im rechten Stiefel! Ich verließ das Wasser so schnell wie möglich, aber bis ich den Rand der Waschstraße erreicht hatte, hatte sich bereits eine immense Flut von Eiswasser ihren Weg in meinen Stiefel gesucht. Irgendwo war im Übergang vom Stiefel zur Hose etwas nicht hundertprozentig dicht gewesen. Aber auch andere hatten Probleme, zum Teil sogar in beiden Stiefeln. Es gab jedoch auch Kameraden, bei denen es perfekt lief: Sie konnten sogar in der Waschstraße ein paar Züge schwimmen und verließen anschließend völlig trocken (innerlich) das Becken. Widerlich war der Rückmarsch zu unserem Hörsaal – das Wasser schien meinen Fuß einzufrieren und man hörte es bei jedem Schritt: „QUAATSCH QUAAATSCH!". Von innen war natürlich alles zu hundert Prozent dicht, kein Wasser kam heraus – typisch! Als ich den Stiefel im Hörsaal auszog, ergoss sich eine halbe Sintflut auf den Boden. Das Schlimmste daran – das Wasser war inzwischen WARM! Ganz im Gegensatz zu meinem Fuß!

Zodiak kontra Overgament? Der Overgament bietet einen nicht ganz so effizienten Schutz wie der Zodiak, dafür ist er jedoch leichter und schränkt die Bewegungsfreiheit kaum ein. Leider fängt man in ihm sofort an zu schwitzen! Der Zodiak ist schwer und macht behäbig, schränkt die Arbeitsfähigkeit also stark ein. Dafür bietet er einen hervorragenden Schutz vor ABC-Kampfstoffen – vorausgesetzt, er ist wirklich absolut dicht! Anfangs ist er sehr „kühl", da das Gummi die Körperwärme sehr gut ableitet. Aber wehe, man fängt an, zu arbeiten! Dann macht sich das Gewicht bemerkbar und zu allem Überfluss (im wahrsten Sinne des Wortes) kann der Schweiß nicht ablaufen und verbleibt im Anzug. Er dürfte sich in den Stiefeln sammeln ... Laut Anweisung von Ärzten darf man bei leichten Tätigkeiten maximal 2 Stunden in ABC-Schutzkleidung arbeiten (bei schweren Tätigkeiten etwa halb so lang), bevor man abgelöst werden muss, um gesundheitliche Risiken auszuschließen. Die Angabe trifft nur bei einer Außentemperatur von maximal 10 °C (!) zu, ansonsten sind die Tragezeiten noch kürzer! Die Tragezeit könne bei Kühlung mit Wasser allerdings etwas ausgeweitet werden. Ob zu diesem Zweck ein Kamerad mit einem Feuerwehrschlauch hinter einem her laufen muss, wurde nicht bekannt.

Nicht alle kamen mit der neuen Situation gleich gut zurecht. Manche wurden im Zodiak von einer leichten Klaustrophobie befallen, andere hingegen rissen sich einfach wegen ihrer Erschöpfung die Schutzmaske vom Kopf, um wieder besser atmen zu können. Das Atmen unter der Maske fühlt sich in etwa so an, als wäre die Nase etwas dicht. Unangenehm wird es spätestens dann, wenn man tatsächlich eine dichte Nase hat UND dann noch die Maske trägt – da wird Luftholen zum Kraftakt, und wenn man dann noch erschöpft ist und nur die nach Kohle stinkende Luft in seine Lungen saugt, ist man schnell drauf und dran, die Maske herunterzureißen. Zur Kontrolle eventueller „Anfälle" jedweder Art ein **TIPP:** Man muss sich klar machen, dass man unter der Maske jederzeit genauso viel Luft bekommt wie ohne Maske. Die Menge bleibt absolut gleich – lediglich das Atmen fällt schwerer, da die Luft durch den Aktivkohlefilter gesogen werden muss. Clevere Leute entfernen einfach die Gummidichtung aus dem Luftablassventil der Maske (eine für Ausbilder unsichtbare „Sabotage"). Die Luft wird dann nicht mehr durch den Filter angesaugt und es lässt sich wieder nahezu „normal" atmen. Leider zählte ich damals noch nicht zu diesen „Cleveren" ...

Der theoretische Unterricht war eine Sache für sich. Der Lehrgang wurde zunächst für einen Zeitraum von 2,5 Wochen angesetzt, also ist er offenbar in dieser Zeit zu schaffen. Der Veranstaltungszeitraum wurde jedoch (kurz vor Lehrgangsbeginn) auf knapp 5 Wochen ausgedehnt. Dürfte klar sein, was das für das Tempo hieß.

Zum Abschluss des Lehrgangs wartete noch eine 36-Std. Übung auf uns. Übungsbeginn um 07:00 Uhr. Richtig ranklotzen mussten wir allerdings erst um 19:00 Uhr. Hierbei sollten wir lernen, einen „San-E-Platz" zu leiten, also einen Sanitäts- /Entstrahlungs- /Entseuchungs- /Entgiftungs-Platz. Im Kampf verwundete Soldaten können schließlich nicht „einfach so" behandelt werden, wenn sie mit B- oder C- Kampfstoffen kontaminiert sind und müssen folglich zuerst dekontaminiert werden. Der San-E-Platz bestand aus drei riesigen, „bulligen" Zelten. Trockendekontamination, Nassdekontamination sowie einem Sanitätszelt. In der Trockendekontamination wurden die Patienten vorsichtig aus ihrer „verseuchten" Kleidung herausgeschnitten. Der Schnitt auf der Kleidung erfolgte entlang einer (Dekontaminations-) Puderspur, die vorsichtig aufgetragen werden musste. Anschließend wurde der Patient über eine Schleuse weitergeleitet und schließlich zum Sanitätszelt gebracht. Das in der „Trockendekont" arbeitende Personal trug den Overgament. In der Nassdekontamination wurden die Patienten, wie der Name schon sagt, unter anderem mit Wasser behandelt. Sie wurden regelrecht abgeduscht, um die „Kampfstoffe" von der Hautoberfläche zu entfernen. Das Wasser war übrigens schön warm, ein Wasserdurchlauferhitzer (WDE) gehört zur Standardausstattung eines San-E-Platzes. Zur Bereitstellung von warmem Wasser musste zuerst ein Wasserkreislauf erzeugt werden, der von einem Hydranten gespeist wurde. Nach der Dekontamination wurde der Betroffene ebenfalls mittels einer Schleuse zum Sanitätszelt weitergeleitet, wo die medizinische Erstversorgung erfolgte. Das Personal in der „Nassdekont" trug den Zodiak. Logisch, da er beim Arbeiten mit Wasser im Vergleich zum Overgament sicher die klügere Wahl darstellt. In der Übung sollten wir wechselnde Positionen einnehmen. Arbeiten in der „Nassdekont", „Trockendekont", im Sanitätszelt und als Übungsverletzte. Der generelle Ablauf sah vor, den San-E-Platz aufzubauen, die eigentliche Übung durchzuführen und am Ende wieder alles abzubauen. Unser Übungsleiter sagte uns jedoch bereits zu Beginn, dass er sich „ein paar Schweinereien" für uns hätte einfallen lassen. Konkretes erfuhren wir gegen 23:00. Einen San-E-Platz aufzubauen kostet reichlich Zeit und Kraft. Ebenso der Abbau. Drei Riesenzelte, deren Innenausstattung, der Wasserkreislauf, die Stromversorgung, das Auf- bzw. Abladen des Materials von den LKWs („Tonnern"), usw. Nun, wir haben den San-E-Platz während unserer Übung komplett VERLEGT! Bereits halbtot vor Müdigkeit und mitten in der Nacht haben wir den Komplex Schritt für Schritt wieder abbauen dürfen, nach der Verladung auf die Tonner fuhren wir dann in die „dunkle Nacht", tiefer in den militärischen Sicherheitsbereich. Schon nach etwa 400 Metern dann alles wieder abladen. Es war saukalt und außerdem setzte auch noch ein feiner Nieselregen ein. Die Motivation folglich gleich Null, doch das Anstrengendste, der erneute Aufbau des Komplexes nämlich, stand uns ja noch bevor! Entsprechend stieg auch die Aggression. Mitten in der Nacht folgten dann unzählbare Übungsdurchläufe, bevor man uns zwischen 03:00 und 04:30 Uhr etwas Ruhe gönnte – immerhin. Natürlich erwischte es mich, um erst noch mit einem Vorgesetzten für eine Dreiviertelstunde Streife zu laufen. Da wir uns nicht innerhalb der Kasernenmauern befanden, musste das Material bewacht werden. Die knappe Dreiviertelstunde (unbequemen) Schlaf, die ich schließlich noch bekam, hätte ich mir vielleicht besser schenken sollen – mir war danach noch viel kälter als zuvor. Erneute Übungsdurchläufe, die Stimmung am Kochen. Und mitten in dieser Lustlosigkeit teilte uns unser Übungsleiter mit, dass der Platz NOCHMAL VERLEGT werden solle! Wir waren fassungslos. Das Anstrengendste der ganzen Übung, das „Auf- und Abbauen", nun zum dritten Mal? Obwohl das bei früheren Übungen immer insgesamt nur ein einziges Mal nötig gewesen war? Der Leiter hatte gut reden, machte er doch selbst keinen Finger krumm. Befehle zu verteilen konnte man ja nun wirklich nicht als anstrengend bezeichnen. Es war früher Vormittag, als wir in perfekter Amoklaufstimmung zum zweiten Mal alles wieder auf die Tonner aufluden. Diesmal mussten wir auch nur 200 Meter weit fahren, bevor sich das Drama wiederholte. Glücklicherweise kam uns ausnahmsweise mal der Kompaniechef zu Hilfe. Bei derartigen Übungen schauen die „hohen Leute" eigentlich grundsätzlich mal vorbei – „Gesicht zeigen" eben! Der Kompaniechef begutachtete unser Treiben und wies schließlich unseren Übungsleiter darauf hin, dass dies doch eigentlich eine ABC-Abwehr- und keine Zeltauf-/abbau-Übung sein sollte. Selten wurde ein so wahres Wort gesprochen.

In letzter Konsequenz wurde der Aufbau des San-E-Platzes auf „halber Strecke" abgebrochen. Nach einer Pause von knapp 2 Stunden bauten wir alles wieder ab, verluden das Material und brachen, mittlerweile auch völlig übernächtigt, wieder Richtung Kaserne auf. Inzwischen war es Nachmittag geworden, doch die Übung würde erst um 19:00 Uhr enden, nach 36 Stunden eben! Unser Abendessen war noch als „feldmäßige Verpflegung" bestellt, und so saßen wir um 18:00 Uhr tatsächlich im Hörsaal, um unser Essen, obwohl in der Kaserne, aus unseren Pickpots zu löffeln. Und dabei war die Kantine doch nur 100 Meter entfernt! Schicksal – sonst hätte es nicht als 36-Std. Übung gegolten. Unser Übungsleiter lobte unsere gute Arbeit, doch konnte ihm kaum noch einer zuhören. In unseren Köpfen existierte nur noch ein Wort: „BETT!" Endlich entließ er uns in den lang ersehnten Dienstschluss. Wie bei der großen Sanitätsübung Ende November kann ich mich auch in diesem Fall nur daran erinnern, wie ich zu Bett ging. An das erste Mal „Rumdrehen" hätte ich wieder keinerlei Erinnerung ...

März – Hurra! Zum 01.03.01 waren übrigens alle Kameraden aus meinem AGA-Sechstal zu „Obergefreiten" befördert worden. Nun hatten wir auf jeder Schulter unseren zweiten „Pommes". Wohlgemerkt die Leute, die sich rechtzeitig um neue Schulterklappen gekümmert hatten ...

Nach wie vor lieh sich der bereits einmal erwähnte Kamerad gelegentlich Geld von uns, was nicht immer ein Nachteil sein musste. Er war einer, der gerne Kameraden mit niedrigerem Dienstgrad herumscheuchte. Wenn es z.b. darum ging, einen Bulli zu beschaffen (vom Abstellplatz in etwa 400 Meter Entfernung), traf es fast immer mich, da ich normalerweise der einzige andere anwesende Bw-Führerscheininhaber war. Nun hatte sich das Blatt jedoch gewendet. Der Kamerad: „Puch, hol mal 'n Bulli. Ich will heute nicht ständig hin und her laufen müssen." Ich konterte: „Hm, wie viel Geld schuldest du mir doch gleich?" Er: „Jaja, ich geh' ja schon selber!" So machte mir die Sache doch gleich viel mehr Spaß! Ich glaube das war auch das letzte Mal, dass er mich zum „Bulli-holen" schicken wollte.

Bald kündigte sich die „Rückkehr des unfreiwilligen BWK-Fahrers" an. Mein TE-Führer hatte mich an einem Wochenende zu Hause angerufen – man stelle sich das vor. Klar, dass das keine guten Nachrichten (zumindest für mich) bedeuten konnte. Personalmangel im San-Bereich – ich sollte die kommende Woche täglich zum BWK fahren. Mal ehrlich, solche Fahrten haben Vor- und Nachteile. Inzwischen hatte ich längst die genaue Fahrstrecke in Erfahrung gebracht und fuhr sie sogar schon im Schlaf. Auch, wenn der inzwischen zur Verfügung stehende T2 zuweilen ein leichtes „Schaltproblem" hatte, was bedeutete, dass sich manchmal der erste Gang selbst mit Gewalt nicht einlegen ließ. Ganz schön nervig an Kreuzungen. Zum Glück konnte man die „Kutschen" auch vorsichtig im zweiten Gang anfahren, um die an einer Ampel hinter einem wartenden Autofahrer nicht über Gebühr zu strapazieren. Wie auch immer, eine Fahrt zum BWK und zurück bedeutete grundsätzlich schon mal, dreieinhalb Stunden am Tag hinterm Steuer zu sitzen. Schlimmer war hingegen, dass man ja morgens auch noch früher aufstehen musste. Und das mir, einem Langschläfer, Dauerschläfer, ja vielleicht sogar Winterschläfer! Im BWK angekommen hatte man zugegeben reichlich Pause, was sicherlich ein positiver Nebeneffekt war. Stundenlang warten, ohne arbeiten zu müssen. Mittlerweile war ich gut darauf eingestellt, und ausgerüstet mit MD-Player, Lustigen Taschenbüchern und reichlich Süßigkeiten ließ sich die Zeit recht gut überbrücken. Als mir mein Lesestoff irgendwann ausging, zögerte ich daher nicht, den einen Morgen im San-Bereich mal eine militärische Seelsorgezeitschrift mitzunehmen, nachdem ich entdeckt hatte, dass sie ein Kreuzworträtsel enthielt. Perfekt, das würde mich bestimmt für mindestens eine Stunde beschäftigen können. Der Witz daran: Es war ein Preisrätsel und den ersten Preis, ein Computerspiel, wollte ich wohl haben. Ich versuchte, meine Gewinnchancen zu ermitteln. Also: Im Zivilleben praktisch keine. Dieses Rätsel war aber nur Bw-Angehörigen zugänglich. Das dezimierte die potentielle Konkurrenz schon mal deutlich. Zweitens: Wer vom Bund liest schon eine militärische Seelsorgezeitschrift!? Wieder eine deutliche Dezimierung. Wer vom kläglichen Rest findet das Kreuzworträtsel, löst es auch wirklich und nimmt dann noch an dem Gewinnspiel teil? Dies überzeugte mich, zumal man sogar per E-Mail teilnehmen konnte. Ich hatte das alles schon längst wieder vergessen, als nach ca. anderthalb Monaten völlig unerwartet ein Paket für mich eintraf: Es war, man glaubte es kaum, der ZWEITE PREIS! Ein Luftbildatlas von den bedeutendsten Orten Deutschlands! Gemeinheit, ich wollte doch das Spiel haben! Aber im Ernst, das war ein guter Schnitt, denn der dritte Preis wäre eine Trucker-CD mit Bibeltext gewesen. Außerdem, im nächsten Monat würde es ja schon die nächste Ausgabe der Zeitschrift geben. Mit neuem Rätsel – und den gleichen möglichen Preisen. Man muss sich mal klarmachen, dass ich gewonnen hatte, bei einem Kreuzworträtsel, für dessen Lösen ich sogar noch bezahlt worden war, denn ich hatte es ja (beim Warten) während der Dienstzeit bearbeitet. Tatsächlich konnte ich an dem Tag, an dem das Paket eingetroffen war, nachts vor lauter Lachen kaum einschlafen.

Trotz alldem wurde die ewige Warterei schnell nervtötend. Einmal zum BWK zu fahren mag vielleicht ganz lustig sein, aber eine ganze Woche? Außerdem hatte man nicht die Gelegenheit wie die Kameraden in der Kaserne, zwischenzeitlich mal auf seiner eigenen Stube zu verschwinden („Täuschen, Tarnen, Verpissen" ist beim Bund eine Pflichtübung!). Und immer erst zum Dienstschluss wieder in der Kaserne zu sein und womöglich noch die Simpsons zu verpassen war auch inakzeptabel, weshalb ich fortan alles daran setzte, mich vor weiteren BWK-Fahrten zu drücken. Diese eine Woche war das jedoch unmöglich. Wenigstens am Mittwoch gab es für mich eine Pause, denn meine TE hatte für sich eine Besichtigungstour zum AKW (Atomkraftwerk) in Lingen organisiert. Für eine ABC-Abwehreinheit könnte das ganz interessant sein, hieß es. Zum Glück hatte mein TE-Führer für diesen Tag einen anderen BWK-Fahrer auftreiben können. Es war herrlich, denn ein AKW wollte ich schon immer mal besichtigen. Und nun musste ich nicht mal selbst hinfahren, sondern konnte mich sogar chauffieren lassen. Außerdem wurde ich jetzt für die Besichtigung auch noch bezahlt (Dienstzeit)! Vielleicht einer meiner besten Tage beim Bund überhaupt. Die Atomlobbyisten waren ausgesprochen höflich, verwöhnten uns mit Tee und Gebäck und erwiesen sich auf der Führung durch die Einrichtungen als überaus informativ. Für ein gutes Prestige in der Öffentlichkeit war man offensichtlich bereit, einiges zu investieren, denn die Führung war unentgeltlich. Im riesigen Generatorraum (Raumtemperatur bei ca. 41 °C) hätte ich am liebsten mein Lager aufgeschlagen. Die Luft war warm, die Kacheln auf dem Boden waren warm und ebenso die Wände und alles, was man in dem Raum sonst irgendwie hätte anfassen können. Nur das ewige Lärmen des Generators trübte den „Wohlfühlfaktor". Mit der Zeit hätte man sich aber sicher daran gewöhnt. Daher nochmals: Da hätte ich bleiben können!

Die an den folgenden zwei Tagen anstehenden BWK-Fahrten verliefen ereignislos.

März! Das hieß auch, dass es schon wieder wärmer wurde. Allerdings nur sehr, sehr schleppend! Was ist eigentlich an meinem Namen so komisch? Puch? Erinnert vielleicht an diesen Mofa-Hersteller. In meiner Kindheit war dieser Vergleich schon sehr oft gefallen und jedes Mal hatte ich einen auswendig gelernten Spruch entgegnet: „Nicht verwandt und nicht verschwägert, sonst hätte ich vielleicht einen reichen Gönner mehr in der Familie!" Jedoch war ich schon seit Jahren nicht mehr auf diese Parallele angesprochen worden, ja man könnte geradezu sagen, dass ich sie schon fast endgültig vergessen hatte. Beim Bund war das anders. Schon in der Grundausbildung war ich von zahlreichen Leuten auf meinen Namen angesprochen worden. So häufig, dass es sich schon um eine Verschwörung zu handeln schien. Ich hatte den Eindruck, wieder im Kindergarten zu sein – die „Wie das Mofa"-Phrase konnte ich einfach nicht mehr hören. Und dann noch dieses zumeist dämliche Grinsen der fragenden Personen dabei! So auch in der Kantine. Ein mir völlig unbekannter Soldat guckte mich an und kicherte etwas. Um die Sache schnell hinter mich zu bringen, tat ich ihm den Gefallen und fragte nach, was denn so lustig sei. „Na, du heißt Puch!", sagte er. „Na und?" erwiderte ich, in der Hoffnung, dass er jetzt endlich sein Sprüchlein ablassen und dann die Klappe halten würde. „Na, das ist doch wie die Mofafirma" sagte er, jetzt viel breiter kichernd. „Richtig", sagte ich und hatte arge Mühe, den Gleichgültigen zu mimen. Wenn ich jetzt einen Stempel mit der Aufschrift „Idiot" griffbereit gehabt hätte – ich hätte ihn ihm wohl im Überschwang der Gefühle mindestens dreimal auf die Stirn gedrückt! „Wie das Mofa! Und was ist daran jetzt so witzig!?" Das Grinsen im Gesicht des Soldaten erstarrte jäh und schien direkt danach zu Boden zu fallen, wo es laut scheppernd zerbrach. Offenbar hatte er jetzt endlich kapiert, dass die Namensverwandtschaft vielmehr eine Tatsache war als ein Witz. Er drehte sich wortlos um und bemühte sich, nach Erhalt seiner Abendverpflegung meinem Blickfeld möglichst fern zu bleiben. Fast tat mir der verstörte Kamerad ein wenig leid. Ich verstand ja, dass man im tristen Bw-Alltag dankbar für jeden Blödsinn ist, solange er einen nur irgendwie erheitern kann, aber doch nicht immer auf meine Kosten!? Jahrelang nichts mehr davon gehört und jetzt quatschte mich praktisch jeder 6. – 7. deswegen an! In dem Moment nahm ich mir fest vor, dem nächsten Soldaten, der es wagen würde, mich mit der Mofa-Marke in Verbindung zu bringen, einen satten Tritt in den Allerwertesten zu verpassen – ungeachtet von Dienstgrad und Geschlecht!

Die Tage vergingen, und zu meiner Freude sogar ruhiger als erwartet. Ein für April geplantes einwöchiges Biwak wurde nämlich abgesagt, wegen der damals aktuellen Maul-und-Klauen-Seuche (MKS). Zu hoch sei die Gefahr, dass wir beim „Rumstreifen" im Gelände die Verbreitung des Erregers womöglich fördern würden, hieß es. Auch sonst wurden Vorsichtsmaßnahmen ergriffen. Zumindest hörte ich einmal einen diesbezüglichen Dialog zwischen zwei Vorgesetzten.

Vorgesetzter A: „Freitag ist wieder 20 km-Marsch. X hat gesagt, dass alle teilnehmenden Soldaten die Sohlen ihrer Stiefel desinfizieren müssen, um den MKS-Erreger, sollte er es bis hier geschafft haben, nicht zu verbreiten."

Vorgesetzter B: „Na und?"

A: „Ganz einfach, wir sollen dort Fußabtreter aufstellen, die mit Ameisensäure getränkt sind. Die Ameisensäure ist aber noch nicht geliefert worden und langsam rennt uns echt die Zeit davon!"

B: „Scheißegal, dann füllst du in die Teile eben Wasser rein. Solange X sieht, dass da „überhaupt irgendetwas steht", ist der doch zufrieden ..."

Im Übrigen hätte ich am kommenden Freitag nirgendwo etwas stehen sehen.

Unsere TE hatte noch einmal eine Überraschung für uns parat: Es sollte ein

San I (Sanitätslehrgang 1 der Bundeswehr) in der Kaserne stattfinden, genauer gesagt, die Vorgesetzten unserer TE sollten die Ausbilder sein. Das hieß für uns, dass jeder meiner Kameraden, der noch keine San I-ATN hatte, als Teilnehmer gemeldet wurde, so auch ich! Einerseits war es angenehm, beim Anblick von gelegentlich noch vorkommendem Schneeregen im warmen Hörsaal zu sitzen. Auf der anderen Seite gefiel uns aber die Tatsache nicht, dass ein für vier Wochen angesetzter Lehrgang nun plötzlich in zwei gepresst werden sollte. Das hieß für uns Dienst über den normalen Dienstschluss hinaus, zzgl. Dienst an einem Samstag! Klingt ja auch noch nicht so schlimm, wo wir als Obergefreite doch längst schon Anspruch auf DA hatten. Die Blamagen von früheren Übungen, wo mein AGA-Sechstal als Einziges immer leer ausging, sollten nunmehr der Vergangenheit angehören. Wohlgemerkt: Sollten! Die Übungsleitung hatte jedoch extra für uns das Ei des Kolumbus neu erfunden! DA stand uns ja erst zu, wenn die normale tägliche Rahmendienstzeit von 10 Std. um mindestens zwei Stunden überschritten wurde. Also musste man den Dienstplan lediglich so ansetzten, dass die Dienstzeit jeden Tag nur um exakt 1,5 Stunden überschritten wurde. Ohne auch nur einen Pfennig extra zahlen zu müssen, konnte man uns in nur zwei Wochen auf diese Art bis zu 20 Stunden extra malochen lassen. Genial eigentlich! Klar, dass das an unserer Motivation nicht spurlos vorüberging. Die gewaltige „Verarschungsmaschine Bund" hatte mal wieder zugeschlagen. Glück hatten wir nur mit den geplanten Geländeübungen. Aufgrund der MKS-Geschichte wurden alle geplanten Geländetage, mit Ausnahme einer Abschlussübung, abgesagt. Natürlich erwischten wir für den entscheidenden Tag mal wieder einen, an dem es saukalt war. Nichtsdestotrotz zogen wir unsere Übungen durch. Am Nachmittag kam dann der Kompaniechef vorbei. Wie schon einmal erwähnt, bei „größeren Übungen" zeigt der ja grundsätzlich mal sein Gesicht. Er gab sich wie immer betont kameradschaftlich und fing von sich aus mit Smalltalk an. Wir standen zusammen in einer Kleingruppe und er starrte irgendwie ständig auf meinen Oberkörper, genau auf die Stelle, wo ungefähr mein Namensschild hing. Und es passierte! „Hmm", sagte er. „Puch, Sie heißen also genauso wie dieses Mofa!", stellte er triumphierend fest. Ich erinnerte mich natürlich sofort an mein festes Vorhaben, was ich mit dem nächsten Witzbold anstellen wollte, der mich auf die „Puch-Mofa" Parallele ansprach. Nur der Gedanke, dass er mein Disziplinarvorgesetzter war, der mich notfalls auch für bis zu 21 Tage in den Bau hätte schicken können, hielt mich von weiteren Maßnahmen ab. Also lächelte ich nur gequält und ratterte wieder meinen altbekannten Spruch runter. Aber mal ehrlich: Wenn mir in dem Moment eine gute Fee erschienen wäre und gesagt hätte: „Lieber Martin, du hast drei Wünsche frei" – ich hätte mir sofort dreimal einen Tritt in den Arsch für den Kompaniechef gewünscht! Als ich am späten Nachmittag im Büro eines Vorgesetzten saß, stellte ich mir erneut die Frage nach der allgemeinen Arbeitsmoral. Ich brauchte nämlich einen Stift, hatte meinen jedoch versehentlich morgens auf meiner Stube liegen gelassen. Also griff ich nach einem Stiftständer, der in einem der offenen Fächer des Schreibtisches stand, vor dem ich gerade saß. Ich zog meine Hand jedoch erschrocken zurück, als ich feststellte, dass sich direkt vor dem Stiftständer ein Spinnennetz befand. Ohne das Netz zu zerstören war praktisch kein Herankommen an den ersehnten Stift. Was wäre das für ein nettes Motiv für ein Foto gewesen. Mangels Kamera begnügte ich mich dann damit, die anderen im Büro anwesenden Kameraden auf diesen Umstand hinzuweisen, der nach eingehender Betrachtung zu allgemeiner Erheiterung führte.

Nur eine Person sollte den San I übrigens nicht bestehen. Unsere Vorgesetzten hatten uns das Durchfallen aber auch recht schwer gemacht!

Anmerkung: Zumindest ein (höherer) Vorgesetzter durfte mit dem San I und sich selbst wirklich zufrieden sein. Soldaten müssen jeden Tag in einen Protokollbogen eintragen, wie lange sie Dienst geschoben haben. Wahrscheinlich hätte ich es gar nicht sehen dürfen, doch am Monatsende fiel mir zufällig der März-Protokollbogen dieses Vorgesetzten in die Hände, und ich staunte nicht schlecht. Während man uns Teilnehmer, wie oben schon erwähnt, mit 1,5 Überstunden am Tag geschickt um unseren DA geprellt hatte, bot sich bei diesem Vorgesetzten ein gänzlich anderes Bild. Sein Dienst war offiziell eine halbe Stunde länger gegangen – jeden Tag während der gesamten Lehrgangszeit! Faszinierend! 2 Überstunden bedeutete bereits einen halben Anrechnungsfall pro Tag. Das läuft dann unter „10 – 16 Std. Dienst" und würde bei einem Wehrdienstleistenden mit jeweils 6 € vergütet. Der Vorgesetzte kriegte natürlich noch **deutlich** mehr (in dessen Dienstgradklasse wird in so einem Fall jede einzelne Stunde gesondert bezahlt). Wohlgemerkt bedeutete dies für ihn pro Tag 6 Stundenlöhne extra, obwohl er nur 2 Überstunden (offiziell) geleistet hatte – so will es das Besoldungsschema! Also schau'n wir mal: Man berücksichtige den Dienstgrad und rechne anschließend einen halben Anrechnungsfall (6 Stunden) mal 11 Tage mal... ...ah ja! Wie hat die arme Sau vor Lachkrämpfen nachts bloß schlafen können!? Wer jetzt allerdings glaubt, dass ich hier Betrug (welch furchtbares Wort) unterstelle, unterschätzt meine Intelligenz ganz gewaltig!! Ich werde mich hüten, habe ich doch schließlich längst gelernt, dass sich beim Bund praktisch ALLES begründen lässt! Die halbe Stunde länger – das wird die „Nachbereitung des Tages" gewesen sein, um nur die erstbeste Floskel zu nennen. Oder aber er hat schon an der Abschlussklausur gearbeitet oder ist noch mal die Planung für den nächsten Tag durchgegangen. Alles Dinge, bei denen man nie nachweisen könnte, ob sie tatsächlich stattgefunden haben. Außerdem versteh' ich das nur zu gut, den einen oder anderen Hunderter extra – klar, hätt' ich auch gern gehabt. Aber wie Sie gerade gelernt haben, hatte das alles seine Richtigkeit. Ganz bestimmt!!!

Sterne am Himmel haben in einer klaren, lauen Sommernacht zuweilen etwas äußerst Romantisches an sich, Sterne auf der Schulter hingegen etwas Praktisches. Sie eröffnen Türen und... ...Möglichkeiten ...

Wir schrieben die zweite Aprilwoche, und dieser eine Nachmittag war mal wieder so ein Spezialfall. Bis zum jetzigen Zeitpunkt war es nur einer von vielen gewesen. Ich saß gegen 15:50 Uhr vor meinem Super Nintendo und spielte „Battler vs. Battler". Ach übrigens: Durchschnittlich steht auf jeder Stube beim Bund mindestens eine Playstation, eine Sega Konsole, oder eben eine von Nintendo! Üblicherweise sind die Controller immer schon recht abgegriffen und die Netzteile werden während ihrer Bw-Zeit eigentlich nie wirklich kalt ...

Der reguläre Dienstschluss ist normalerweise erst um 16:30 Uhr und vorher gibt's in der Kantine auch kein Abendessen. Wieso ich dann um diese Zeit schon vorm Fernseher saß? Fragt lieber nicht ...

Jedenfalls kämpfte ich gerade erbittert bei Battler vs. Battler. Man läuft dort in einem Roboteranzug in einem kleinen Labyrinth herum und bekämpft andere Gegner, die ebenfalls in Kampfanzügen stecken. Endlevel! 6 Gegner schon platt, nur noch einer übrig, meine Energieanzeige auf Minimum. Noch ein einziger Treffer und ich würde verglühen wie ein Komet. Also: Höchste Konzentration. Meine Finger umklammerten krampfhaft den Controller, damit mir dieser, von meinem Schweiß aalglatt geworden, nicht aus der Hand flutschen würde. Die Anspannung stieg kontinuierlich bei der Suche im Labyrinth – besonders, wenn ich an eine Kurve / Ecke kam. Denn hinter jeder unübersichtlichen Stelle könnte der Feind auf mich lauern. Gaaaanz vorsichtig! KLOPF KLOPF!! Nanu? Das Klopfen kam von meiner Tür. „Was ist?" rief ich hastig, um mich nur ja nicht ablenken zu lassen. Die Tür meiner Stube ging auf und irgendjemand trat herein. Da ich noch keinen Aufschrei hörte, konnte es kein Vorgesetzter sein! Ich saß mit dem Rücken zur Tür und drehte mich folglich um. Noch ehe ich erkennen konnte, wer da gerade hereinkam, nahm ich wahr, während sich mein Kopf vom Fernseher abwendete, dass mein Feind just in dem Moment hinter einer Ecke auftauchte und somit direkt vor mir stand. Ich versuchte noch hastig, meinen Controller wieder richtig zu fassen zu kriegen, doch es war schon zu spät. Der Feind schlug mir mit der Faust mitten ins Gesicht und warf mir zum krönenden Abschluss noch einen Plasmaball hinterher. „YOU GOT KILLED! GAME OVER"

Zähneknirschend drehte ich mich jetzt endgültig zu dem Störenfried um, der immer noch auf der Türschwelle stand. Es war irgendein mir völlig unbekannter Hauptgefreiter aus einer TE, die ihren Sitz im selben Unterkunftsgebäude hatte wie die meinige. „Bist du Obergefreiter Puch?" fragte er. Ich blickte übertrieben deutlich auf mein Namensschild, das doch eigentlich gut sichtbar an meiner Uniformjacke hing und entgegnete ihm mit ruhiger Stimme: „Hm! Also, ich glaube fast, ich bin's! Was gibt's??" Er fuhr fort: „Ja, also – es geht darum, dass du morgen wieder zum BWK fahren sollst. Ich hab' das mit deinem Vorgesetzten abgeklärt. Heute bin ich noch gefahren, weil die im San-Bereich mal wieder keine Leute hatten. Und morgen sollst du dann wieder!" Mir stand fast der Verstand still. Hatte mir der Kerl jetzt tatsächlich mein Spiel im Endlevel versaut, nur, um mir zu sagen, dass ich am nächsten Tag wieder zum BWK würde fahren sollen!? Freundchen, Freundchen ...

Doch Halt! Mir fiel etwas ein. Normalerweise wurden die Kranken mit einem T2-Bulli zum BWK gefahren. Der war jedoch zur Zeit defekt und alternativ wurde ein Ford Transit bereitgestellt. Grinsend sagte ich mit zuckersüßer Stimme: „Tja, das tut mir ja jetzt wirklich leid, aber der San-Bereich hat doch im Moment nur einen Ford Transit?" Der Hauptgefreite bestätigte dies. „Nun", sagte ich, immer noch in derselben Tonlage, „es ist nämlich so, dass ich auf einen Ford Transit noch gar keine Einweisungsfahrt bekommen habe. Von einer Überprüfungsfahrt ganz zu schweigen! Ich fürchte, dass ich den wohl nicht werde fahren dürfen!" Die Augen des Hauptgefreiten weiteten sich. „Ääh, na ja, also, ähm... ...dann solltest du das am besten noch schnell mit deinem Vorgesetzten abklären, denn ich bin morgen wieder „da und da" eingeteilt, ich kann also nicht mehr fahren." Schock – damit hatte ich nicht gerechnet. Ich blickte eine Sekunde AUF DEN BODEN, und dann wieder dem Hauptgefreiten mit einem Grinsen in die Augen: „Ich kümmere mich darum!" sagte ich, und drehte mich gleichzeitig schon wieder zu meinem Super Nintendo um. Er stutzte völlig verblüfft, da ich mich allem Anschein nach wieder meinem Spiel widmen wollte und sagte: „Jaa – aber jetzt geht es schon auf 16:00 Uhr! Wenn, dann solltest du da jetzt ganz schnell rüberlaufen und das abklären, *solange man noch was machen kann!!*" Im Klartext meinte dieser Scherzkeks damit natürlich: „solange die dir noch schnell eine Einweisung verpassen können"! Ich nickte zum Zeichen, dass ich ihn wohl schon verstanden hatte. Während ich es mir also endgültig wieder auf dem Stuhl vor meinem Super Nintendo bequem machte, wiederholte ich abermals: „Ich kümmere mich darum!" Der Hauptgefreite nickte zufrieden und trollte sich.

Zum besseren Verständnis sollte ich nun erklären, was mir in der Sekunde alles durch den Kopf ging, in der ich zu Boden geblickt hatte: Ich fragte mich in dem Moment, was passieren würde, wenn ich jetzt zu meinem (nebenbei erwähnt schon etwas „höheren") Vorgesetzten gehen und ihm die Situation schildern würde. Schon sah ich es klar vor Augen. Ich würde noch auf die Schnelle unter Stress (denn es waren nur noch knapp 40 Minuten bis zum Dienstschluss) eine Einweisung und Überprüfung über mich ergehen lassen müssen. Wahrscheinlich wäre ich dann erst frühestens eine Viertelstunde NACH Dienstschluss wieder in der Kaserne zurück. Nicht nur, dass mir diese „Zusatzarbeit" in keinerlei Weise honoriert würde – nein schlimmer – ich wäre dann auch noch einer der Letzten beim Abendessen und könnte mich nur noch über die Reste hermachen, abgesehen davon, dass ich in der Schlange der Kantine ganz hinten stände. Vielleicht würde ich sogar erst zu spät für die Simpsons wieder auf meiner Stube sein! Und als ob das nicht reichte, würde ich dann am Folgetag natürlich auch wieder zum BWK gondeln müssen. Wieder stundenlang auf die Kranken warten, blöd rumsitzen, nichts machen können und mit Glück, wenn überhaupt, zum Dienstschluss wieder in der Kaserne sein!? Nöööö! Da mach' ich nicht mit – Zeit für Plan B!!

Dies alles war mir in der einen Sekunde durch den Kopf gegangen. Es ging um Alles oder Nichts!

Der Hauptgefreite hatte sich also zurückgezogen, und mein „Plan B" wurde umgesetzt. Und was sah Plan B vor? Richtig! Erst einmal weiter Super Nintendo spielen! Schließlich hatte ich doch die Schmach einer Niederlage bei Battler vs. Battler noch auszumerzen! Ein Blick auf die Uhr (15:55) sagte mir, dass ich noch reichlich Zeit hatte. Pünktlich um 16:15 Uhr (Viertelstunde vor regulärem Dienstschluss) schaltete ich den Fernseher aus und ging Richtung Büro des eben schon erwähnten Vorgesetzten. Wie geplant kam ich exakt 10 Minuten (Funkuhrzeit!) vor Dienstschluss dort an. Ich klopfte an die Tür, hielt den Atem an und drückte die Daumen. „Herein!" ertönte von drinnen eine etwas gedämpfte Stimme. Hurra! Wie erhofft hatte ich den Vorgesetzten genau in dem Moment erwischt, als er sich gerade „zum Gehen" fertig machte. Ich betrat das Büro, machte artig Meldung und erklärte ihm die Sachlage, die mir wiederum ein Hauptgefreiter aus einer anderen TE mitgeteilt hätte, der *„gerade eben"* auf meiner Stube gewesen sei (Ich mag mich, wenn ich ein Schwein bin!!). Das Lächeln im Gesicht meines Vorgesetzten erfror jäh: „Sie haben keine Einweisung!?" Ich schüttelte den Kopf. Er wurde nervös: „Hm, hm, verflixt. Was machen wir denn da jetzt? Hm, hm, kommen Sie mal mit!" Wir gingen über den Flur in das Büro des Chefs der TE, zu der auch der erwähnte Hauptgefreite gehörte. Mein Vorgesetzter: „Hör mal, einer von deinen Leuten hat dem Kameraden Puch hier eben gesagt, dass er morgen zum BWK fahren soll. Der hat aber weder Einweisung noch Überprüfung auf einem Ford Transit!" Der TE-Führer guckte daraufhin ebenfalls so belämmert wie ein hungriges Baby, dem man die Nuckelflasche weggenommen hatte. „Sie haben keine Einweisung?" fragte er, den Blick auf mich gerichtet. Wieder schüttelte ich den Kopf. Mittlerweile hatte ich meinen dabei aufgesetzten „ratlosen Gesichtsausdruck" zur Perfektion gebracht. Der TE-Führer fing an zu stammeln: „Hm, hm... (guckt auf die Uhr) ...jetzt ist es natürlich auch schon ziemlich spät ..." Bei dieser Bemerkung hatte ich doch arge Bedenken, ob ich es schaffen würde, nicht zu grinsen, obwohl es durchaus eine sehr angespannte Situation war. Auch *mein* Gesichtsausdruck war mitleidvoll ernst. Hinter meiner Stirn sah es jedoch ganz anders aus. Schließlich hatte ich mir doch extra alle Mühe gegeben, erst „auf den letzten Drücker" aufzukreuzen. Man konnte mir aber wirklich nicht vorwerfen, dass ich Zeit *verschwendet* hätte. Ich hatte in der Zwischenzeit meine Schlappe bei „Battler vs. Battler" wieder wettgemacht und mich darüber hinaus sogar noch an „The Fish Killer" und „Jankenman" versucht. Äußerst erfolgreich, wie ich hinzufügen möchte. Die beiden Vorgesetzten diskutierten nun, wo man am schnellsten noch einen Fahrer herkriegen könnte, da sich das vorhandene Personal ja nun auch langsam komplett in den Dienstschluss bewegte.

„Wie hieß denn der Hauptgefreite, der bei ihnen auf der Stube war?" fragte dann der Chef der „Nachbar-TE". Ich beteuerte, dass ich mich nicht erinnern könne, da ich ihn nicht persönlich gekannt hätte (was nicht mal gelogen war). Der TE-Führer gab auf. Denn diesmal war mein Gesichtsausdruck der eines dummen, hilflosen Idioten gewesen. Ich hatte vor dem Spiegel ja auch lange genug geübt, bis ich ihn so gut hinkriegte. Selbst, wenn ich den Namen gewusst hätte, hätte er aber auch aus strategischen Gründen nicht fallen dürfen, wäre doch sonst womöglich herausgekommen, dass ich durch mein langes Verbleiben auf meiner Stube für den jetzigen Zeitdruck selbst verantwortlich war. Ich war schuld daran, dass jetzt zwei Vorgesetzten der Kopf vor Sorgen rauchte, und das nur, weil ich, ein dummer Soldat, mich nicht einfach schweigend in mein Schicksal fügen wollte. Wenn den beiden das bewusst gewesen wäre, hätten sie meinen Truppenausweis wahrscheinlich zum Frühstück gefressen. An dieser Stelle hoffte ich noch einmal auf Weitblick meines Vorgesetzten. Denn zufällig hatten an diesem Tag zwei Kameraden aus meiner TE eine Einweisung auf den Transit erhalten, lediglich noch keine Überprüfung. Einen dieser Kameraden schnell zu überprüfen wäre natürlich weit weniger aufwendig, als mich erst komplett einzuweisen **und** dann noch zu überprüfen. Wieder drückte ich die Daumen und... – JA! Genau in diesem Moment schien mein Vorgesetzter dieselbe Idee zu haben wie ich. Auch, wenn ich das erst zu einem späteren Zeitpunkt erfahren sollte. Man sagte mir, ich könne jetzt gehen, woraufhin ich mich ordnungsgemäß abmeldete. Mittlerweile war es 16:28 Uhr – ich konnte also vom Büro direkt (ohne Umweg zum Unterkunftsgebäude) zur Kantine gehen, um meinen sich ankündigenden „Sieg" mit einem guten Essen zu feiern. Natürlich war ich (wieder mal) ganz vorne in der Schlange – und dort traf ich auch die anderen Kameraden aus meiner Teileinheit. Als wir beim Essen saßen fragte ich dann neugierig nach einem der beiden Kameraden, die an dem Tag eine Einweisung auf den Transit bekommen hatten (der zweite saß nämlich nur 4 Plätze neben mir), denn mir war klar, dass die Sache noch nicht ausgestanden wäre und immer noch ein Fahrer benötigt würde. Man sagte mir, dass der Betreffende bereits nach Hause gefahren sei. Daraufhin schrumpfte meine vermutete Zahl der potentiellen Fahrer auf einen einzigen zusammen. In dem Moment sah ich am Fenster der Kantine einen unserer Vorgesetzten (einen mit etwas „niedrigerem" Dienstgrad) vorbeigehen und zu uns hereinschauen. Daraufhin sagte ich zu meinen Kameraden, die von der ganzen Angelegenheit nichts wussten: „Passt auf! Vielleicht wird „Unteroffizier Soundso" einfach vorbeigehen, aber ich behaupte, er wird gleich hier hereinkommen und den Kameraden X mitnehmen, mit der Begründung, dass er **jetzt sofort** eine Überprüfungsfahrt auf dem Ford Transit machen muss, um morgen zum BWK fahren zu können." Man guckte mich nur verständnislos an. Doch schon eine Minute später stand der Vorgesetzte neben uns und sagte: „Kamerad Soundso, tut mir leid, du musst jetzt sofort mit mir mitkommen wegen... ...blabla, Überprüfungsfahrt blabla, morgen zum BWK! Das ist jetzt kein Witz, pack dir dein Essen ein, wir müssen sofort los." Der etwas überrumpelte Kamerad tat, wie ihm geheißen. Als die beiden aus der Tür der Kantine verschwanden, hob ich meinen Trinkbecher und sagte nur: „Fall Zwo tritt in Kraft." Einer meiner Kameraden starrte mich an: „Sag mal, Puch, kannst du eigentlich irgendwie hellsehen oder so was!?" Ich schüttelte grinsend den Kopf und entgegnete: „Nee, nur logisch folgern!"

Am diesem Abend kam noch der Kamerad, der am nächsten Tag zum BWK würde fahren müssen, auf meine Stube und erkundigte sich nach dem Weg (er war die Tour noch nie zuvor gefahren), woraufhin ich ihm eine Karte überließ, die ich zu Hause mit meinem Routenplaner ausgedruckt hatte. Ich wollte nicht, dass ihm dasselbe Schicksal wiederfuhr, wir mir auf meiner ersten BWK-Fahrt. Zugegeben, ein bisschen leid tat er mir schon. Aber werden unangenehme Arbeiten nicht eigentlich erst dadurch erträglich, dass sie eben NICHT immer derselbe macht? Zu meiner endgültigen Beruhigung sollte schließlich ein paar Tage später die Bemerkung des Kameraden führen, dass er die BWK-Fahrten gar nicht mal so übel fände. Sind sie auch nicht – sofern man sie nicht ständig machen muss. Außerdem stand bei mir an dem eben beschriebenen Abend ja auch noch anderes auf dem Spiel! Generelles Fazit: Wer viel „kann" bzw. „darf", muss auch viel machen. Daher sollte es nicht zu verwunderlich sein, dass ich mich in der späteren Zeit bemühte, vor Einweisungen auf andere Fahrzeuge möglichst zu drücken. Man wusste schließlich nie, wozu es gut sein konnte!!

Oft konnte ich über die Mentalität meiner Kameraden nur heimlich grinsen. Der für uns meist zuständige Kamerad machte mit uns immer etwas früher Dienstschluss, damit er (und eigentlich auch alle anderen) ja rechtzeitig vor dem Fernseher sitzen konnten, wenn wieder „Dragon Ball" lief. Wahrscheinlich wird es für mich ein auf ewig ungelöstes Mysterium bleiben, was doch eigentlich schon erwachsene Männer täglich dazu trieb, wie um ihr Leben zu sprinten, nur um nicht auch nur eine Sekunde dieser primitiven japanischen Zeichentrickserie zu verpassen. Von der Gefahr beim frühzeitigen „Rumhocken" auf der Stube erwischt zu werden mal ganz abgesehen. Man erinnert sich vielleicht noch, welche „Manie" die Pokémons damals auslösten, aber wenn ich mich recht entsinne, war deren Zielgruppe doch eigentlich ebenfalls in einer etwas anderen Altersklasse!? Und als Abonnent von Walt Disneys Lustigen Taschenbüchern kann mir sicherlich niemand vorwerfen, dass es mir am nötigen Verständnis gefehlt hätte! Wie auch immer, man sollte sich ein solches „Herdenverhalten" zunutze machen. Den einen Tag fuhren wir von unserem „Arbeitsplatz" in der Kaserne zur Unterkunft – wer geht schon gerne 200 Meter zu Fuß? Die Unterkunft lag auf dem Weg zum Abstellplatz für das Fahrzeug, der im Übrigen wiederum nur 50 Meter vom Unterkunfts-gebäude entfernt war. Ich war der Fahrer und hielt vor der Unterkunft, um die Kameraden aussteigen zu lassen. Mit Lob wurde daraufhin nicht gespart: „Hey, Puch! Das ist aber echt nett, dass du uns hier schon aussteigen lässt!" „Genau!" „Klasse, Puch – jetzt schaffen wir es noch rechtzeitig vor die Glo-tze!" Schon waren alle ausgestiegen und sprinteten in Richtung ihrer Stuben. Ich sah ihnen kopfschüttelnd nach und war von ihrem Lob beinahe gerührt. Hatten diese Naivlinge etwa tatsächlich geglaubt, ich hätte **ihretwegen** ange-halten? Pah! Tatsächlich hatte ich einen Gegenstand für mich im Kofferraum des Bullis deponiert, den ich noch herausholen musste, und dabei konnte ich nun mal keine Zeugen gebrauchen! Oh nein, sie kannten mich wirklich nicht. Auch wenn es nur 50 Meter waren – die hätte ich ansonsten jeden einzelnen Schritt für Schritt mitlaufen lassen. Wäre doch nur kameradschaftlich gewe-sen, oder? Warum soll denn immer nur der Kraftfahrer, der doch schon fahren muss, hinterher auch noch alleine laufen? Zumal es bei der kurzen Distanz ja sogar geradezu unwirtschaftlich war, extra vorher noch mal anzuhalten. So hingegen konnte ich also einen Gefallen, den ich mir selbst tat, auch noch als „Gefallen für andere" tarnen. Nicht schlecht ... Ich holte also den Gegen-stand und stopfte ihn mir zwischen Hosengürtel und Bauch da er für meine Taschen zu groß war. Auf halber Strecke zur Unterkunft fiel mir das Atmen dermaßen schwer, da der Gegenstand so stark in den Bauch drückte, dass ich drauf und dran war, ihn herauszuziehen. Doch auf der „freien Fläche" hät-te mich womöglich einer gesehen! Also tapfer einen Fuß vor den anderen setzen und hoffen, dass kein Vorgesetzter den Weg kreuzen würde. Obwohl man zur Sicherheit bis zum Eintreffen auf seiner Stube hätte warten sollen, zog ich den Gegenstand schon beim Betreten des Unterkunftsgebäudes aus der Hose, da mir bereits leicht schwindelig geworden war. Außerdem: Wer sollte mir denn hier noch begegnen? Und folgerichtig saßen auch schon alle wieder vor dem Fernseher und gedämpfte Geräusche eines Kampfes dran-gen durch die geschlossenen Türen zu mir auf den Flur hinaus. Bei meinen Kameraden flitzte längst der Held von Dragon Ball wieder über die Matt-scheibe – obwohl „flitzen" wohl eine maßlose Übertreibung darstellte. Den in den meisten japanischen Zeichentrickserien dargestellten Animationen mangelt es doch erheblich an Bewegungen. Wenn eine Person etwas sagt, bewegt sich nur deren Mund – keine weitere Bewegung erkennbar, nicht einmal im Hintergrund. Und wenn der Held mal eben 100 Meter hoch in die Luft springt (wie realistisch!) steht die Figur ebenfalls still, nur der Hintergrund bewegt sich an der Figur vorbei, um einen Bewegungseindruck beim Zuschauer hervorzurufen. Mal ehrlich: Ich habe in Tierdokumentationen schon Faultiere gesehen, die mehr zustande gebracht haben als die verantwortlichen, offenbar arbeitsscheuen, japanischen Trickfilmzeichner. Für ihre Kreativität haben sie jedoch ein dickes Extralob verdient. Die spärlichen Bewegungen kompensierten sie in der Vergangenheit schon mal mit Explosionen, für deren Darstellung die Hintergrundfarbe im Fernsehen blitzschnell bis zu 52 mal in der Sekunde wechselte. Abgesehen von einer unbedeutenden Anzahl von Kindern, die damals bei Betrachtung dieses „Spektakels" mit epileptischen Anfällen kollabierten, gab es sogar eine Mutter, die ihr Kind leblos auf dem Boden liegend vorfand und es nur durch rasche Mund-zu-Mund Beatmung dem Sensenmann von der Schippe entreißen konnte (die Zeitungen waren damals voll davon). Vielleicht sollte ich die Bemerkung mit der „primitiven Technik" zurücknehmen. Sollten die Produzenten mir nämlich entgegenhalten, dass ihre Filme zumindest das zuletzt erwähnte Kind definitiv „vom Hocker gerissen" hätten, hätte ich keinen passenden Konter parat ...

Nun denn, sicher auf meiner Stube angekommen wurde der Gegenstand schon mal für seine Deportation am kommenden Wochenende vorbereitet. Danach: Fernseher an! Igitt – Dragon Ball? Abgelehnt! ZAPP! Star Trek – gerade vorbei! Mist! ZAPP! Talkshow über die Probleme von (zahlreich anwesenden) Rubensfrauen – AAAAH! Das ist Gift für den Blutdruck. Und bevor noch weitere an der Weltordnung rüttelnde Äußerungen wie „Ich fühle mich als ganz normaler Mensch und bin auch einer!" auf meine unschuldigen Ohren trafen – ZAPP! Amerikanische Familienschnulze – ZAPP! Verdammt, nichts Vernünftiges um diese... ...oh! Super Nintendo steht auf 11 Uhr! In „Nichtaufstehen-müssen-Reichweite"!! Das Leben kann so schön sein! Ach übrigens – wie lange noch bis zum Abendessen?

Sehr nett war auch der Fall, als wir im April zu einem „Spezialauftrag" für eine Woche nach X (Montag bis Freitag) fahren mussten. Wir würden 7 Mann in einem Fahrzeug werden – aber nur drei Militärkraftfahrer. Folglich sollte zwischendurch gewechselt werden. Doch drehen wir das Rad der Zeit noch einmal bis drei Tage vor Abfahrt zurück. Es war Freitagvormittag und ich unterhielt mich mit einem der Fahrer für die nächste Woche. Er lästerte grinsend: „Ja Puch, und dich werden wir an genau den Stellen fahren lassen, an denen es immer Stau gibt!" „Da muss ich dich enttäuschen", entgegnete ich, „ich hab' weder Einweisung noch Überprüfung auf dem Fahrzeug, mit dem wir fahren sollen!" (So 'ne Story kennt ihr ja schon!) Und da ich wusste, dass dieses „Einweisungs-Überprüfungsprozedere" an einem Freitagmorgen gegen 09:00 eigentlich praktisch nicht mehr zu schaffen war, da es schon um etwa 11:30 Dienstschluss geben sollte, war nun erst mal ich dran mit blöd grinsen! Der Kamerad wurde sichtlich blass und war mit einem Mal sehr angespannt: „Waaas? Hast du nicht? Aber... ...Moment also... ...ich... ...also... ...blabla... ...hatte dich doch schon fest eingeplant... ...murmelmurmel... ...und dann nur noch mit zwei Fahrern... ...grübel... Oh! Ooooh! Jetzt hab' ich's! Keine Sorge Puch – du WIRST fahren können. Vertrau mir, DAS kriegen wir hin!" Ich war sicher, dass auch er nicht das Unmögliche würde möglich machen können. Trotzdem gefiel mir die Art seines Grinsens plötzlich gar nicht mehr. Er war so... ...selbstsicher, ja geradezu überzeugt von seinen Worten! Eine halbe Stunde später passierte es dann, ich wurde in das Büro eines Vorgesetzten gerufen und erhielt den Auftrag, mich mit meinem Fahrtenbuch zu einer bestimmten Einsatzstelle zu begeben. Dort angekommen wurde mir mein Fahrtenbuch abgenommen mit der Bemerkung, dass ich es in etwa „anderthalb Stunden" wieder abholen solle. Etwas verblüfft sagte ich nur „Jawohl", wollte ich doch schließlich mein schönes Fahrtenbuch wiederhaben! Als ich es später wieder in den Händen hielt und durchblätterte, staunte ich nicht schlecht: Ihm waren ein paar Eintragungen hinzugefügt worden und u.a. las ich: „Einweisungsfahrt gemäß [...] auf dem Fahrzeug X durchgeführt!" Dahinter das Datum von heute. „Hey – cool", dachte ich. „Wieso kann ich mich nur nicht daran erinn... Halt, was steht denn da noch?" „Überprüfungsfahrt gemäß [...] auf dem Fahrzeug X durchgeführt!" Ebenfalls mit aktuellem Datum? „Uiii, das ging aber schnell! Und so... ...einfach!!"

Aber keine Sorge! Ich habe (danach) wirklich noch eine Einweisung erhalten – bin mit einem Kameraden (demselben, der mir prophezeit hatte, dass ich Montag würde fahren können) noch 400 Meter durch die Kaserne gefahren – musste genügen. Schließlich sollte ich doch nächste Woche auf dem „Special Auftrag" noch genug Gelegenheit zum Üben kriegen ...

Zur Beschreibung, wie dieser „Special Auftrag" eigentlich aussah, werde ich am besten eine E-Mail anbringen. Diese Mail wurde im Jahr 2001 von mir an eine Bekanntschaft geschickt, die mich fragte, wie mein Alltag beim Bund denn so aussehe. Die folgende Mail ist die (leicht gekürzte) Originalversion – lediglich Namen, Ortsnamen und evtl. Fahrzeugtypen wurden „zensiert" oder entfernt, um niemanden in Bedrängnis zu bringen ...

Hi XxXx!!

Wochenende – endlich. Und jetzt sogar Urlaub. Auch wenn letzterer beinahe gescheitert wäre. Ich werde versuchen, das später zu erklären. [...] Jaaa, eingedenk der Zeit, die ich jetzt habe, werde ich mal versuchen, ein „Wochenprotokoll" zu erstellen – in der Hoffnung, dass ich das richtig verstanden habe, was du hören willst.

Montag, XX.04. *2001 Jahre nach Christi Geburt* (*theoretische, wissenschaftlich nicht 100 prozentig bestätigte und damit ja eigentlich ungenaue Zeitrechnung, mit der Sternzeit nicht übereinstimmende halblineare Nichtkonstante, die in ihrem stetigen Ablauf das Rückgrat des, äh ups – ich wollte ja nur über den Tag schreiben ...) Also – er begann, wie so viele andere Tage auch, viel zu früh! Diesmal aber erst recht! Es gab da nämlich so 'n „Special Auftrag", den ich mit ein paar Kameraden erledigen musste ... Wir sind mit einem Bulli und vier 5-Tonnern (4 LKWs, die mit jeweils 5 Tonnen Nutzlast beladen werden können) nach (ZENSIERT) geschickt worden (mal eben so 530 Km!). Unser Auftrag: Übernahme von 16 „Gefechtszelten", die aus'm Einsatz (Kosovo oder sonst wo) wiedergekommen sind. Deswegen musste ich ganz hässlich früh aufstehen, um noch frühstücken gehen zu können. Normalerweise nehme ich mir beim Abendessen was mit, was ich dann morgens esse, um Zeit zu sparen und länger liegen bleiben zu können – aber an einem Montagmorgen war ich ja den Vorabend noch zu Hause gewesen. Da mein Gleichgewichtssinn sich noch nicht wieder vollständig etabliert hatte, war ich für manche Soldaten, die mir auf dem Weg zur Kantine begegneten, eine ernst zu nehmende Gefahr! Nun ja, wir waren sieben Personen in unserem Gefährt, aber leider nur drei „Militärkraftfahrer", mich eingeschlossen (um die „grünen" Bw-Fahrzeuge fahren zu dürfen, bedarf es eines speziellen Lehrgangs). Daher musste jeder Fahrer jeweils ca. 180km fahren. Die Frage: Warum schmeißen die nicht die Zelte inne Transall und fliegen die direkt nach Münster? Von dort hätte man sie an einem Tag abholen können. Für die Fahrt nach (ZENSIERT) und zurück gingen allein schon zwei Tage drauf. Aber – das* *ist halt Bund!!! Die Fahrt war ziemlich eintönig – mit 80 hinter den Tonnern herzutuckeln war nicht allzu berauschend ... Schließlich: Panne bei einem 5-Tonner. Ich wusste bereits, dass wir eine „Schönwetterarmee" sind, da die Tonner im Winter aufgrund protestierender Batterien oftmals (auch durch anschieben) nicht ansprangen. Aber wenn sie jetzt schon bei schönstem Wetter auf stur schalten ...*

*Für uns wars klasse. Zwei Stunden Zwangspause auf 'nem Rastplatz – in herrlichem Sonnenschein. Und dafür gibt's Gehalt – oder sagen wir besser mal ein Taschengeld. Ob's bei euch auch so warm war? *fg* Na ja, wir haben ca. 10 Stunden für die Strecke gebraucht – das war der erste Tag. Untergebracht waren wir in einer alten Army-Kaserne am A... der Stadt. Helle Freude – wir haben Zwei-Mann Stuben gekriegt. Herbe Ernüchterung um halb drei nachts: Der Typ, mit dem ich eine Stube teilte, schnarchte so laut, dass ich vor Angst am liebsten unter die Bettdecke gekrochen wäre. *g* Mein Rufen und Beschweren hat ihn nicht mal gestört. Durch mehrmaliges Aufschlagen mit meinem einen Kampfstiefel auf den Fußboden war er schließlich zur Ruhe zu bewegen – für jeweils drei Minuten!! GRMPF!!! WARUM IMMER ICH???*

Dienstag: *Etwas gerädert sehe ich zum ersten Mal das Lager, in dem die ganzen Zelte transportfertig stehen. Im ZMPH – Zentraler Materiallagerpunkt für was weiß dingsda besondere Einsätze des Heeres – ich konnte mich kaum halten! Dann die Ankündigung – wir werden die Zelte nicht einfach aufladen, sondern jedes einzeln komplett auf Vollständigkeit und Zustand überprüfen. AAAARRRGGGHHHH!!!!! Für die Statistik: Für die ersten beiden Zelte haben wir 2,5 Std. gebraucht. Tja, blieben noch 14 Zelte ... Ich verkürze lieber mal den Teil, wie anstrengend das war. Meine Wirbelsäule (und eigentlich auch der übrige Rest) winselte ziemlich schnell um Gnade, denn das war echt Knochenarbeit. Die schweren Giebel und Stangen, oder auch die vielen einzelnen Planen (die schwersten mal eben bis 50 Kilo das Stück). Das sind halt keine Partyzelte, sondern schon etwas größere, robuste Dinger. Trotzdem hab' ich gewissenhaft gearbeitet – will ja nicht schuld sein, wenn unsere Jungs im Ernstfall mit defektem Material dastehen ... Also: Ausbreiten, checken, zusammenlegen. Stundenlang. Eine Arbeit, die stumpfsinnig UND zugleich in höchstem Maße anstrengend ist, ist echt das Letzte. Da wir nur die Hälfte des Personals zur Verfügung hatten (einige sind mit den so zuverlässigen (*g*) Tonnern liegengeblieben) haben wir auch noch Überstunden geschoben. Vor Erschöpfung konnte mich nachts nicht mal das Schnarchen stören. Stören schon, aber ich konnte nicht reagieren ...*

Mittwoch: *Nochmal dasselbe Spiel, die Stimmungslage langsam am Kochen. Nur eins tröstet mich: Hoffentlicher, baldiger Urlaub. Ich habe, da ich ja nicht in Fürstenau war, am Montag über einen Kameraden meinen Urlaubsantrag einreichen lassen. Hoffentlich geht er durch ...*

Nachts kommt mein Stubengenosse aus 'ner Disko wieder. Kurze Zeit später sägt er wieder den Stadtpark ab. Das tut der doch nur, um mich zu ärgern ... Zu meiner Verwunderung lässt er sich nicht aus der Ruhe bringen. Ich dre- sche mit meinem Stiefel auf den Boden, bis der Putz von der Decke fällt (kein Scherz), aber er reagiert nicht. WARUM NUR? Ich habe doch niemandem et- was getan, putze jeden Abend brav meine Zähne und bemühe mich, freundlich zu meinen Mitmenschen zu sein ... Wieso straft man mich also??? Gezwun- genermaßen quäle ich mich aus dem Bett und gehe auf ihn zu... ...gaaanz langsam. Meine Hände strecken sich seinem Hals entgegen, stattdessen packe ich nur sein Bett und simuliere ein Erdbeben der Stärke 7,5. Na also, das hat was bewirkt! Verstört blinzelt er mich an. Ich sage: Oberkörper auf die Seite drehen, das ist ein Befehl!!! Er brummelt „Ja" und dreht sein rechtes Bein um 45 Grad. Sein Oberkörper bleibt unverändert, weshalb er zwei Sekunden spä- ter schon wieder pennt und schnarcht. Ich spüre, wie meine Halsschlagader stärker hervortritt – wenn der Typ wach wäre, könnte er meinen Zorn wahr- scheinlich bereits riechen. Abermals ein Erdbeben (macht schon fast Spaß ...). Schließlich dreht er sich murrend um und ich lege mich wieder hin. Zwei Mi- nuten später: SÄÄÄG!! SCHNARCH!!! BRONTZEL!!! Langsam glaube ich wirklich, man will mich verarschen. Ich fische nach dem Gehörschutz in mei- ner Uniformjacke, den man als guter Soldat immer dabeihat. Endlich ruhig! Als hätte mein Kamerad das bemerkt, erhöht er seine Schnarchlautstärke ge- rade so weit, dass ich ihn wieder höre. Es wird eine lange Nacht. Ich sollte erst am Morgen erfahren, warum er überhaupt nicht reagiert hat – er hatte nicht mal zwei Stunden geschlafen ...

Donnerstag: *Die Rückfahrt. Nichts Besonderes zu berichten, alles langwei- lig. Nebenbei, wir waren nur noch zwei Fahrer (meine Gesamtfahrstrecke aus dieser Woche: ca. 524 Km!).*

Freitag: *Ich bin guter Laune, denn jetzt geht es fast nach Hause. Ich ha- be relativ gut geschlafen – kein Wunder, denn in Fürstenau liege ich allein auf meiner Stube – sehr praktisch! Mein Urlaub war auch durch, und das ist entscheidend. Meine Eltern sind nämlich Donnerstag Richtung Süden in den Urlaub geflogen. Mittwoch hatte ich aus (ZENSIERT) in Fürstenau nach meinem Urlaub angefragt und man hatte mir gesagt, er sei durch. Deswegen* *habe ich danach meine Eltern informiert, dass ich während ihres Urlaubs zu Hause sei und sie niemanden suchen müssten, um über das Haus zu wachen, da ich ja da sein würde. Und Freitag, zwei Stunden vor Dienstschluss:*

Alarmbereitschaft!!!

Es ist kontaminiertes Material von Holland über die Grenze gekommen (MKS) und wir sind die nächste Dekontaminationseinheit! Es wurden Standardproze-duren wie im V-Fall (Verteidigungsfall) ausgerufen. Kein Dienstschluss, kein Urlaub – nur Alarmbereitschaft halten – WAW (Warten auf Weiteres). Keiner würde sich um unser Haus kümmern können – und meine Eltern waren in aller Ruhe abgereist, im guten Glauben, ich würde zu Hause sein. Auf Befehl haben wir Abmarschbereitschaft hergestellt: Waschsachen, Schlafsack, Zodiak (Voll-gummischutzanzug), ABC-Schutzmaske usw. verpacken – aber mit Hacken-gas!!! Kurz bevor es dann losging: Entschärfung! Es handelte sich um weni-ger Material als angenommen, es wurde nur eine Handvoll Leute benötigt! Und ich hatte Glück – und konnte abhauen! Damit war auch mein Urlaub ge-rettet! Ich frage mich nur immer wieder, wer da eigentlich immer so bescheu-erte Befehle verteilt?! Auf meiner Stube sah es so aus, als hätte 'ne Bombe eingeschlagen. Ich hatte ja unter Zeitdruck die wichtigsten Dinge gefechts-mäßig verpackt – die Spinde standen sperrangelweit offen... ...und jetzt durfte ich alles wieder einräumen. Aber immer noch besser, als wenn ich hätte mit-fahren müssen. Und dabei hatte ich sogar noch einmal schnell eine „Auffri-schungsnotrasur" durchgeführt, denn wenn man die ABC-Schutzmaske trägt, und das Gesicht nicht spiegelglatt ist, brennt das hinterher alles wie Feuer! Tja, verstehst du jetzt, wieso ich mich immer so aufs Wochenende freue?? So turbulent und konfus geht's hier nämlich öfters zu!
[...]
Also bis dann, das soll's erst mal gewesen sein ...

Cu
Martin

Einen bitteren Zwischenfall hatte es allerdings noch am 1. Tag unseres Auf-trags gegeben. Wir waren in der Stadt unterwegs auf der Suche nach unserer Unterkunft. An der Ausfahrt einer Tankstelle, an der wir gewendet hatten, musste ich als Fahrer des Bullis aufpassen, den Anschluss zu dem vor uns fahrenden 5-Tonner nicht zu verlieren, denn die Kameraden waren die Einzigen, die wussten, wo wir hin mussten. Der Verkehr führte dazu, dass ich erst deutlich nach dem Tonner abbiegen konnte, und um den Abstand zwischen uns zu verringern, gab ich Gas. Gerade in dem Moment, als mir auffiel, dass man in einer geschlossenen Ortschaft vielleicht doch nicht ganz so schnell fahren sollte und daher den Fuß vom Gas nahm, war es schon zu spät: FLASH!! Vorgesetzter auf dem Beifahrersitz: „Na toll! Auch noch geblitzt worden". Ich dachte anfangs noch, er meinte irgendjemand anderen, und erst auf die Frage, ob ich den Apparat denn nicht gesehen hätte, wurde mir meine Situation richtig bewusst. Schon malte ich mir aus, was meine „höheren Vorgesetzten" daheim in Fürstenau wohl mit mir anstellen würden, wenn sie das „Blitzfoto" auf Ihrem Schreibtisch vorfänden und meine eigene Phantasie ob der Konsequenzen, die alle denkbar wären, jagte mir einen eiskalten Schauer den Rücken rauf und runter. Dennoch war mein Gewissen rein, denn:

1.) Wir waren zwar offiziell innerorts unterwegs gewesen, jedoch auf einer Ausfallstraße, die zu der Umgehungsstraße der Stadt führte.

2.) Die Straße verfügte über ZWEI überdurchschnittlich breite Fahrstreifen für JEDE Richtung. Den Stadtvätern war dies offenbar bewusst, sonst hätten sie die Geschwindigkeitsbegrenzung für diesen Abschnitt wohl kaum bereits auf 60 km/h (innerorts!) heraufgesetzt.

3.) Ich fuhr auf dem inneren Fahrstreifen und hatte so ein gutes Blickfeld zum Straßenrand, an dem nur vereinzelt geparkte Autos standen. Die Häuser an diesem Streckenabschnitt waren außerdem rund 40 Meter vom Fahrbahnrand entfernt – eventuell herannahende Fußgänger wären also lange vorher deutlich erkennbar gewesen. Ein gefährdendes Verhalten meinerseits möchte ich also ausschließen.

4.) Ich wollte den Anschluss zu unseren vorausfahrenden, ortskundigen Kameraden nicht verlieren, sonst wäre ich sowieso langsamer gefahren. Und außerdem verlangsamte ich das Fahrzeug ja auch bereits in dem Moment, in dem mir meine überhöhte Geschwindigkeit durch das lautere Motorengeräusch überhaupt erst bewusst geworden war. Da wars allerdings schon zu spät!

5.) Die Tatsache, dass es ein mobiler Blitzer im Heck eines geparkten PKWs war, rundete meinen Eindruck, das Opfer einer „Abzocke" geworden zu sein, schließlich ab.

Aber: Geblitzt ist geblitzt und in den folgenden Wochen würde ich jedes Mal, wenn ich zum Gezi gerufen würde, sofort ein schlechtes Gewissen kriegen, mit der Befürchtung, dass das verräterische Foto inzwischen seinen Weg bis in meinen Heimatstandort gefunden hätte ...

Mai! Das konnte man ja schon beinahe als die Zielgerade auf unserer Bw-Laufbahn bezeichnen. Gleich in der ersten Woche musste ich auch meinen letzten KvD-Dienst antreten. In meiner ganzen Bw-Zeit habe ich mit den „vom Dienst"-Diensten wirklich Glück gehabt. In der AGA hatte ich einmal den GvD spielen müssen. War leider an einem Feiertag, an dem alle anderen zu Hause waren. Dafür war der Dienst aber sehr ruhig, da das Kasernenleben praktisch stillstand. Dank meiner militärischen Fahrerlaubnis gehörte der GvD für mich aber schon seit Beginn des Jahres der Vergangenheit an. Wenn, dann wäre es nur noch der KvD gewesen. Der Kraftfahrer zu sein, hatte entscheidende Vorteile. UvD und GvD verbringen den Großteil ihrer 24-Std.-Schicht in der engen „UvD-Stube". Der KvD hingegen darf sich auf seiner eigenen Stube aufhalten. Als Fahrer muss man ja schließlich jederzeit ausgeruht sein!! In unserer Kompanie war ein Dienstplanmuster ausgehängt, in dem man sich für den jeweils kommenden Monat für ein bestimmtes Datum eintragen konnte. Natürlich gab es zu Ende des Monats noch einige Lücken darauf, logischerweise besonders an den Wochenenden und Feiertagen, wo keiner Dienst schieben wollte. Diese Lücken wurden dann vom Stabspersonal gefüllt, welches für die Erstellung des endgültigen Dienstplans zuständig war. Meine Philosophie bestand darin, mich grundsätzlich nie für einen Dienst einzutragen. Als Konsequenz wurde man natürlich irgendwann zwangsweise für einen Dienst eingetragen und natürlich für einen noch nicht besetzten Tag, also eben am Wochenende oder an einem Feiertag. Klingt übel, aber nachdem einem das Stabspersonal so etwas „angetan" hatte, ließen sie einen meist wieder für einige Zeit in Ruhe, nach dem Motto, „dem haben wir ja gerade erst einen Spezialtag reingewürgt". Diese Ruhephasen konnten bis zu mehreren Monaten dauern und tatsächlich habe ich von Januar bis Juni, also in sechs Monaten, gerade mal zwei KvD-Dienste leisten müssen. Nur mal im Vergleich zu anderen, die 6 – 8 mal den GvD (an Wochentagen) gemacht hatten, nur um ja nie am Wochenende „gepackt" zu werden. Mein erster KvD war schon im Januar gewesen. Da ich hauptsächlich für die Dienstfahrten des OvWa zuständig war, könnte man sich auch wieder fragen, warum der KvD immer einen T2 erhielt? Mein Dienst begann um 07:00 Uhr morgens. Ich ging zum UvD, holte mir Papiere und Schlüssel für den T2 ab, sagte ihm noch, auf welcher Stube er mich finden könnte – und verschwand! Zur Sicherheit überprüfte ich jedoch zuerst noch das KFZ, um nicht womöglich eine böse

Überraschung zu erleben, wenn der OvWa auf seinen Chauffeur wartete. Bei den Überprüfungen hatte ich schon Tolles erlebt. Kein gültiger Fahrauftrag vorhanden, keine Notfallausrüstung an Bord, ohne die das KFZ nicht hätte in Betrieb genommen werden dürfen, usw. Glücklicherweise gab es nie „mechanische Probleme". Als ich nämlich mal in einer Woche einen Bulli abholen sollte, stellte ich fest, dass er fast kein Kühlwasser mehr hatte. Gerade mal der Boden des Gefäßes war noch mit Wasser bedeckt gewesen! Damals konnte ich einfach zur Inst fahren, da in der Woche das Personal ja da war. Ein Unteroffizier füllte mir an dem Tag Kühlwasser nach und meinte nur: „Hätte eventuell auch so noch gereicht, denn es kann sein, dass sich im Inneren des Motors auch noch Wasser befindet. Sie müssen wissen, dass ein Motor zwei Kühlkreisläufe besitzt. Einer, der sofort nach dem Starten des Motors läuft,..." Ich fiel ihm ins Wort: „...und einer, der erst beim Erreichen der Betriebstemperatur mittels eines Thermostates aktiviert wird!" „Richtig", sagte er verblüfft. „Ich sehe, Sie kennen sich damit aus!" „Ja", entgegnete ich. „Aber fragen Sie mich BITTE NICHT, wieso ..." (Wer das jetzt nicht kapiert, sollte sich noch mal an meine erste BWK-Fahrt erinnern!!!)

Bei meinem ersten Dienst als KvD wurde ich am späten Nachmittag erstmals zum OvWa geschickt. Die erste Kontrollfahrt stand an. Nur mal ein Stück die „Panzerstraße" entlang in den militärischen Sicherheitsbereich. Seit ich eben diese Straße in der AGA so viele unzählige Male mit schwerem Gepäck hatte entlang marschieren müssen, hatte ich insgeheim den Wunsch gehegt, diese Strecke nur ein einziges Mal in meinem Leben fahrend zurückzulegen. Er ging in Erfüllung und nun wurde ich sogar noch dafür bezahlt. Selten in meinem Leben hat mir eine Fahrt so viel Spaß gemacht. Im Gedenken an die Geschehnisse vergangener Zeiten war das Fahren dieser Strecke eine echte „Befriedigung". Schon nach etwa 20 Minuten saß ich wieder auf meiner Stube. Und der OvWa hatte noch gesagt: „Vor morgen früh brauch' ich Sie nicht mehr!" Das war einer der wohl entscheidendsten Vorteile eines Wochenenddienstes. Alles wurde etwas lockerer gesehen, und während es in der Woche schnell mal passieren konnte, dass sich Personen fanden, die irgendwo hingefahren werden mussten, war dies an einem Wochenende nahezu ausgeschlossen. Folglich konnte ich nachts „völlig normal" schlafen, während einem UvD und seinem GvD gerade mal jeweils 4 Std. pro Nacht eingeräumt wurden. In meiner 24-Std. Schicht hatte ich also eine „Nettoarbeitszeit" von einer guten halben Stunde gehabt, wurde aber für 24 Std. „im Dienst" bezahlt. Aber streng genommen war ich das ja auch, denn ich war während der gesamten

Zeit „in Bereitschaft" gewesen.

Mein zweiter und letzter KvD im Mai (samstags) lief daher recht ähnlich ab. Diesmal war sogar nur eine einzige Fahrt vonnöten. Ich verstand mich außerdem prima mit dem OvWa, und man konnte sich gut unterhalten. Die Fahrt fand um 17:00 Uhr abends statt. Also hatte ich bereits seit 10 Stunden auf meiner Stube rumgesessen, und diese nur zu den Mahlzeiten verlassen. Die Kaserne war wie ausgestorben und niemand wäre ständig „zum Stören" auf die Stube gekommen, wie es etwa in einer Woche der Fall gewesen wäre. Selbst Dusche und WC waren jetzt für mich direkt „nebenan" und somit spielend erreichbar, denn Anfang Mai war auch ich auf eine Stube vom Typ „Kaserne 2000" verlegt worden. Ein Wochenenddienst bedurfte natürlich einer intensiven Vorbereitung. Ich hatte mich schon am Vortag mit einer Radiozeitung zu Hause hingesetzt, und selbige nach allem durchforstet, was auch nur entfernt „sehenswert" erschien. Die Flimmerkiste lief daher bestimmt 10 Stunden pro Tag. Schicke Sache, wenn alle Stuben einen Kabelanschluss haben – und alle außerhalb der Reichweite der gierigen Klauen der GEZ! Auch das Super Nintendo wurde, mit dem Spiel eines Kameraden, einem neuen Belastungstest unterzogen. Ich hatte „Jurassic Park" fast an einem Tag durchgespielt – „nur" fast, aber ich würde es spätestens bei meinem demnächst anstehenden Urlaub vollenden. Ansonsten gab ich mich den sanften Klängen meines MD-Players hin oder schlug die Zeit mit „Dauerduschen" tot. Praktische Sache, so ein Durchlauferhitzer. Selbst nach einer Dreiviertelstunde immer noch siedend heißes Wasser. Ein „Traum in Heiß!" Danach schön ins Bett gehen, im Bewusstsein, die Nacht mit 99prozentiger Wahrscheinlichkeit komplett durchschlafen zu können, da mir auch dieser OvWa schon vorher gesagt hatte, dass er meine „Fahrdienste" nicht mehr benötigen würde. Ein sehr entspannender Dienst – beinahe schon wie Urlaub. So schön kann eine 24-Std.-Schicht sein! Der Ärger darüber, dass man an einem Wochenende fürs Vaterland Dienst schieben muss, schwindet, wenn sich erst einmal alles so angenehm entwickelt, wie es bei mir der Fall war ...

Es war immer noch Mai – ohne Zweifel ein sehr ereignisreicher Monat! Nochmals wurden ich und einige Leute aus meiner TE für einen Tag als Ausbilder für einen UN-Basislehrgang herangezogen. Zur Erinnerung: Dieser Lehrgang ist für Auslandseinsätze unverzichtbar, jedoch wurde er praktisch auch von allen Soldaten durchlaufen, die an meinem Standort stationiert waren. Neben viel Theorie schließt der UN-Basislehrgang mit einer Geländeübung, die in mehrere Stationen gegliedert ist, ab. Stationen wie ein Verletztentransport unter ABC-Vollschutz (Maske + Overgament); das versehentliche „in ein Minenfeld geraten", wo man über die Fahrzeuge (in einer Kolonne) nach vorne klettern und den Verletzten helfen muss; usw. Und auf eben dieser Übung wurden wir eingesetzt. Unsere Station war der „Checkpoint". Die jeweilige Gruppe Soldaten musste einen Durchgang (Checkpoint) bewachen. Es war genau vorgeschrieben, wen man wann durchlassen darf. Im Normalfall war eine Kontrolle (Ausweis) und bei Fremden Kontrolle auf Waffen obligatorisch. Und hier kam meine TE ins Spiel. Wir spielten die bösen Terroristen oder was auch immer sonst erforderlich war, um der Checkpoint-Besatzung ein möglichst realistisches Spektakel zu liefern. Einst war ich selbst ein Teilnehmer dieses Lehrgangs gewesen und auch ich hatte den Checkpoint einst „verteidigen" müssen. Auch damals schon war unsere TE an der Ausrichtung dieser Station beteiligt gewesen. Nun hingegen „kämpfte" ich mit den „ehemaligen Aggressoren" auf der gleichen Seite! Wir hatten längst eine gewisse Routine entwickelt und man konnte sogar sagen, dass wir uns immer schon aufs nächste Mal freuten. Der UN-Basislehrgang wurde (und wird) entsprechend den normalen Einberufungsintervallen ebenfalls alle zwei Monate abgehalten. Und wir waren jedes Mal wieder mit von der Partie. Es gab schon echt nette „Zwischenfälle", ob wir nun (in Zivilklamotten) versuchten, den Soldaten „Stoff" zu verkaufen (Backpulver!), oder ob wir einfach nur rumpöbelten. Einmal stürmte einer von uns (in Bw-Uniform) auf den Checkpoint zu. Er spielte einen Kameraden, der im Einsatzland Probleme mit der Zivilbevölkerung gehabt hatte – und das waren wir, der gesamte Rest! Mit bestimmt 8 Mann (zivil) rannten wir wie ein wütender Mob hinter ihm her. Wir hatten die „Verfolgung" bewusst so getimt, dass wir unseren Kameraden etwa 5 – 10 Meter vor dem Checkpoint eingeholt haben würden, also genau im Blickfeld der Lehrgangsteilnehmer (LT). Dort rissen wir ihn zu Boden und fingen an, ihn nach allen Regeln der Kunst (zum Schein!) zusammenzuschlagen. Acht Mann – und immer man drauf! Selbiger schrie völlig verzweifelt an die LTs gerichtet: „Helft mir doch!" Nichts passierte, und er schrie: „Ich bin doch einer von euch – HILFE!" In der Theorie des Lehrgangs lernt man eigentlich, dass eine in einem solchen Fall notwendige Befreiungsaktion mithilfe eines sogenannten „Postenkeils" durchgeführt werden sollte. Wir wollten also mit unserer Aktion praktisch überprüfen, ob die LTs in den Theoriestunden nicht nur geschlafen hatten. Die LTs hätten sich also in Pfeilform aufstellen und uns, die „wütende Menge", auseinander treiben müssen, um dem umzingelten Kameraden zu helfen. Da nichts passierte, blinzelte ich einmal in Richtung der LTs und erblickte völlig verdutze Gesichter. Ich erkannte Fassungslosigkeit, aber auch Faszination. Fast schon wie: „Geil, guckt mal – da wird einer verdroschen!" Als unser schon „halbtoter" Kamerad schließlich den zunehmend leiser und schwächer Werdenden spielte, raufte sich der Aufsicht führende Unteroffizier beinahe die Haare aus. An die LTs gewandt brüllte er: „Verdammt, jetzt helfen Sie Ihrem Kameraden doch endlich mal!!!" Nun gaben diese ihre Starre auf und fingen endlich an, uns zu verscheuchen. Aber wehe, man ließ uns los. Dann nämlich stürmten wir sofort wieder auf unser „Opfer" zu. Offiziell hatte er übrigens eine Schwester von uns geschwängert ...

Ein „Manöver", das wir mit praktisch jeder Gruppe anstellten, war der „Castor-Transport", sprich eine Blockade. Wir setzten uns in eine Reihe direkt vor den Checkpoint und klammerten uns aneinander fest. Ebenfalls wieder perfektes Timing: Ein Krkw mit Blaulicht brachte einen Verletzten, kam jedoch nicht an uns vorbei und wir riefen immer nur im Chor: „Wir werden nicht weichen! Wir werden nicht weichen!" Die LTs mussten schon leichte Gewalt anwenden, um uns auseinander zu bringen Dabei mussten sie gut auf ihre Gewehre aufpassen – sonst konnte es aufgrund unserer „langen Finger" schnell mal passieren, dass ihnen ein Magazin abhanden kam. Und das bedeutete Ärger! Es waren insgesamt sechs Gruppen und man konnte deutlich feststellen, dass die Gruppen zunehmend aggressiver wurden. Je nachdem, wie viele andere Ausbildungsstationen sie schon hinter sich hatten, waren sie entsprechend erschöpfter und gereizter. Da hieß es aufpassen, dass man nicht plötzlich mal die Schulterstütze eines Gewehres ins Gesicht bekam. Zwischendurch brachten wir aber auch ganz „legale Aktionen". Wir spielten Deutsche, die den Checkpoint passieren wollten. Bei einem Soldat durfte nur der Truppenausweis akzeptiert werden, bei einem Zivilisten der (gültige) Personalausweis. Das war offenbar nicht jedem bekannt. Nachdem wir mit unserer „Schlange" komplett am Checkpoint vorbeigekommen waren, eröffnete ich ganz stolz: „Guckt mal, die haben mich mit dem Personalausweis meines Kameraden reingelassen! Und dabei sieht der mir doch nun wirklich nicht ähnlich." Der nächste sagte: „Ist doch gar nichts – die haben mich mit dem Ausweis meiner Videothek durchgelassen!" Ich war sprachlos, doch der nächste grinste nur: „Pah, alles Kleinkram. Ich bin mit meiner Bravo-Fan-Club-Karte reingekommen!!" Dies zog (natürlich) einige deutliche Kommentare des beaufsichtigenden Unteroffiziers nach sich!

Unser größter Erfolg war jedoch ein Durchgang, bei dem wir den Checkpoint regelrecht zerschlugen bzw. „eroberten". Wir hatten eine Geisel genommen und danach alle LTs entwaffnet. Ich hatte schon lange kein G 36 mehr in der Hand gehabt!

Man könnte jetzt noch zig witzige Situationen nennen, aber dafür wären es einfach zu viele. Wie auch immer, die Rolle des Terroristen machte mir immer am meisten Spaß. In einem Krkw versteckt auf dem Boden liegen, Arme gekreuzt auf dem Oberkörper, dabei eine P8 in jeder Hand und mit angehaltenem Atem darauf warten, ob das Wageninnere kontrolliert wird. Wenn ja – Feuer frei! Schönen Dank noch mal an den Kameraden, der mir bei meinem „Überraschungsangriff" mit Platzmun mitten ins Gesicht feuerte. Die Druckwelle habe ich damals überdeutlich zu spüren gekriegt. Der vorgeschriebene Sicherheitsabstand betrug 10 Meter, wohingegen er gerade mal 1 Meter von mir entfernt stand, als er abdrückte. Erstens war er zu dem Zeitpunkt seines Abdrückens schon tot (von mir „erschossen") und zweitens hätte er auch in die Luft feuern können (war ja nur eine Übung). Besser, als direkt auf den Kameraden zu feuern ...

Anmerkung: Die Geschehnisse fanden alle noch deutlich vor dem „11. September" statt!

Für die Kameraden aus meiner TE und mich war diese Übung immer besonders angenehm, weil wir sehr viele Pausen hatten. Zwischen den einzelnen Gruppen jeweils locker bis zu einer halben Stunde. In dieser Zeit lagen wir (zumindest bei der Übung im Mai) an einer bestimmten Stelle in einem nahen Waldstück auf unseren Isomatten, ließen uns die wärmer werdende Maisonne ins Gesicht scheinen, diskutierten, dösten vor uns hin ...

Der Juni stand vor der Tür – mit einem ganz besonderen Paukenschlag für mich. Am 01.06. wurden nämlich einige Kameraden meines AGA-Sechstals noch zu Hauptgefreiten befördert. Wider Erwarten wurde mein Name bei der Verkündigung nicht genannt, obwohl ich und einige andere ebenfalls fest damit gerechnet hatten. Wie diese unglaubliche Wendung zustande gekommen war, lässt sich am einfachsten und verständlichsten mit der „Akte Baumann" erklären. Die Realität in der nun folgenden „Kurzgeschichte" wurde vorübergehend außer Kraft gesetzt!

Die Akte Baumann

Guten Tag!

Erlauben Sie, dass ich mich kurz vorstelle! Ich bin Herr Clever und in der Holzbranche tätig. Um das zu verstehen, müssen Sie wissen, dass es in meiner Welt nur 3 verschiedene Kontinente gibt. Der Kontinent, zu dem ich zugehöriger Staatsbürger bin, heißt Utopia. Wir leben mit den beiden anderen Kontinenten in ständigem Frieden und betreiben blühende Handelsbeziehungen. Der Rohstoff, in dem Utopia unumstrittener Marktführer ist, heißt Holz! An dieser Stelle komme auch ich ins Spiel. Mein Wohnort ist eine riesige bewaldete Insel, die den schönen Namen Fraudefallacia trägt und dem Kontinent Utopia vorgelagert ist. Fraudefallacia unterliegt meiner Führung und ständigen Aufsicht, um zu gewährleisten, dass immer genügend Holz für den Export sowie den Eigenbedarf bereitgestellt werden kann. Die ausreichende Versorgung mit Holz ist extrem wichtig, und daher hat einer meiner Vorgänger mit der damaligen politischen Führung von Utopia ein bis heute gültiges Abkommen geschlossen. Zur Sicherung der für die Holzversorgung notwendigen Arbeitskräfte muss jeder männliche Staatsbürger von Utopia mit der Vollendung des 20. Lebensjahres auf meine Insel umsiedeln, mit der Begründung, dass der Holzsektor von staatlichem Interesse ist. Hier wird der Neuankömmling von mir zum Holzfäller ausgebildet und anschließend die nächsten 10 Jahre in meinen Diensten Bäume fällen. Die Bäume werden zur weiteren Verarbeitung auf das Festland verschifft. Der Personalakte eines jeden Arbeiters füge ich den Eintrag „Tätigkeit : Holzfäller" hinzu und anschließend geht erst einmal alles seinen Weg. Ein Holzfäller, der das 29. Lebensjahr vollendet, also bereits seit neun Jahren seine vorgeschriebene Tätigkeit bei mir ausübt, wird, gemäß der von mir erstellten Betriebsregeln, mit einem goldenen Orden dekoriert, zur Anerkennung seiner bisher erbrachten Leistungen. Zusätzlich erhält er für sein letztes Dienstjahr eine Gehaltserhöhung. Sie müssen wissen, dass man Trägern dieses Ordens auf ganz Fraudefallacia mit Respekt und Hochachtung begegnet. Mit der Vollendung des 30. Lebensjahres scheiden meine Arbeiter schließlich automatisch aus dem aktiven Dienst aus und dürfen nach Utopia zurückkehren. Zahlreiche (staatlich finanzierte) Eingliederungsprogramme sorgen dafür, dass sie in der dortigen Gesellschaft einen festen Platz finden.

Tja, mit der Zeit ändert sich alles – so auch Gesellschaftssysteme und politische Führer. Die neue Regierung Utopias legte mir eines Tages weitere Regeln für meine Produktion auf. So sollte ich zur Gewährleistung der Sicherheit in meiner Produktion fortan ständig jeweils 2 Polizisten beschäftigen (für Streitfälle), 2 Feuerwehrleute (wo man mit Holz arbeitet kann schon mal ein Brand ausbrechen) sowie 2 Ärzte (denn krank werden kann immer mal jemand). An diese Auflagen war meine Produktion nun gebunden – und hätte theoretisch sogar stillgelegt werden müssen, wenn dieses Personal einmal nicht verfügbar sein sollte. Also bildete ich von nun an in bestimmten zeitlichen Abständen die geforderten Sicherungskräfte aus. Unter dem Punkt „Tätigkeit" trug ich in ihren Personalakten dann halt entsprechend „Feuerwehrmann", „Polizist" bzw. „Arzt" ein. Ein späterer Arbeitgeber sollte ja auch wissen, was der Betreffende hier bei mir geleistet hatte. Mit den goldenen Orden sowie der Gehaltserhöhung hielt ich es wie mit den Holzfällern. Hatte z.B. ein Polizist seine Tätigkeit bereits 9 Jahre ausgeübt, wurde ihm dieselbe Ehre zuteil wie einem Holzfäller mit entsprechender Dienstzeit.

Alles ging wieder seinen gewohnten Weg – bis eines Tages einer meiner beiden Ärzte von einem umstürzenden Baum so schwer verletzt wurde, dass er als arbeitsunfähig nach nur 6 Dienstjahren bereits wieder auf das Festland zurückkehren musste. Mit einem Mal stand ich vor einem Problem: Meine Produktion war nun einmal nur noch mit (u.a.) ZWEI Ärzten zulässig. Was tun – das nächste Ausbildungslager für Ärzte würde erst in 4 Jahren stattfinden, denn bisher war noch nie jemand vor Ende seiner Dienstzeit ausgeschieden. Wenn mir die Regierung nun wieder einmal einen unangemeldeten Prüfer vorbeischicken sollte, der sich davon zu vergewissern hatte, dass meine Produktion mit dem vorgeschrieben Personal geführt würde, kämen ernsthafte Schwierigkeiten auf mich zu. Und einen bestechlichen Prüfer hätte es bislang auf ganz Utopia noch nicht gegeben ...

Doch an einem Abend machte ich meinem Namen alle Ehre! Ich saß wie üblich an meinem von Personalakten übersäten Schreibtisch. Da fiel mir plötzlich ein Name ins Auge: Baumann! Warum ich damals genau diese Akte gegriffen habe, kann ich bis heute nicht genau sagen. Vermutlich, weil es damals die einzige war, die so nahe lag, dass ich sie erreichen konnte ohne aufstehen zu müssen. Baumann – der Name sagte mir nicht viel. Kunststück bei so vielen Tausend Arbeitern. Ich konnte mich nur erinnern, dass er irgendwo im Nordostbezirk brav seinen Dienst versah, und zwar seit etwa 5 Jahren. Dann ging eigentlich alles ziemlich schnell. Ich nahm meinen Siegelstift und unter den Eintrag „Tätigkeit: Holzfäller" schrieb ich „Seit heute abkommandiert auf neuen Posten. Neue Tätigkeit: Arzt!" Ein Geniestreich! Wenn nun ein Prüfer vorbeikäme, würde er alles in bester Ordnung vorfinden. Ein Arzt mehr oder weniger, wen stört das schon? Das Klima auf Fraudefallacia war angenehm und die Fehlquoten aufgrund von Krankheiten sowieso nur minimal. Folglich sah ich keinen Grund, den Kollegen Baumann auf einen Sanitätslehrgang zu schicken. Wo ich doch sowieso nicht die Absicht hatte, ihn als Arzt einzusetzen! Steht ja nur in seiner Personalakte. Er würde fortan wie jeden Tag morgens mit seinen Kollegen aufstehen und ganz normal zum Baumfällen gehen. Schließlich war er ja ein Holzfäller – dafür hatte ich ihn damals ausgebildet und dafür brauchte ich ihn auch!

Das böse Erwachen kam erst 4 Jahre später, wenn auch nicht für mich. Mittlerweile hatte ich dieses lustige „Dienstpostentauschroulette" etliche Male gespielt und noch immer erfüllte ich nach außen hin alle Quoten. Jeder benötigte Arbeiter war, zumindest in Form einer Dienstakte, vorhanden. Baumann verstand die Welt nicht mehr, als ihm nach 9 Jahren in meinen Diensten kein Orden verliehen wurde und auch die erwartete Gehaltserhöhung ausblieb. Er kam in mein Büro und fragte nach den Gründen, die ihm zu geben mir nicht weiter schwer fiel. „Sehen Sie", begann ich, „Sie müssen für den Orden 9 Jahre die bzw. eine Ihnen zugeteilte Tätigkeit erfüllen!" „Das habe ich doch!" entgegnete er, sich seiner selbst völlig sicher. „Moment", unterbrach ich ihn. „Ich habe hier Ihre Akte – werfen Sie ruhig mal einen Blick hinein." Er las die Zeile über seine Versetzung vor 4 Jahren und stammelte: „Davon habe ich ja gar nichts gewusst! Aber Augenblick mal, ich habe doch nie als Arzt gearbeitet! Laut meiner Akte bin ich ja seit 4 Jahren Arzt – obwohl ich mit der Axt im Wald gestanden habe!?" Ich lächelte ihn an: „Richtig!" Er stammelte fassungslos weiter: „Sie... Sie hätten mich doch demnach vor 4 Jahren nur zum Sanitäter ausbilden müssen! Mit 5 Jahren als Holzfäller (+ Akteneintrag) und 4 Jahren als Arzt (+ Akteneintrag) hätte ich dann dennoch 9 Jahre meine mir zugeteilte Tätigkeit erfüllt und Anspruch auf einen Orden gehabt!" Wieder bestätigte ich dies lächelnd. Er holte tief Luft: „Aber warum haben Sie mich denn dann damals nicht zum Arzt ausbilden lassen?" Ich setzte mein kaufmännisches Lächeln auf und antwortete: „Nun, sagten Sie nicht eben selbst, Sie hätten mit der Axt im Wald gestanden? Was hätten Sie denn dazu ärztliches Fachwissen benötigt? Ich schicke Sie doch nicht auf einen Lehrgang, wenn ich gar nicht die Absicht habe, Sie tatsächlich als Arzt einzusetzen! Dass Sie auf dem Papier ein Arzt sind, war eine dienstliche, personelle Notwendigkeit." Irgendwie mochte ich diese Formulierung, da sie doch so ungeheuer wichtig klang! In diesem Überschwang der Gefühle fügte ich damals noch hinzu: „Na los, zurück an die Arbeit! Gehen Sie nicht über Los und ziehen Sie keinen funkelnden Orden und keine Gehaltserhöhung ein!" Wenn dieser Naivling wüsste, was ich allein durch die Gehaltserhöhung eingespart hatte, die ich ihm nun nicht zahlen musste! Baumann sah mich an. Er sah mich einfach nur an. Dann drehte er sich um und verließ wortlos mein Büro. Seit damals ist viel Zeit vergangen. Mittlerweile bin ich im Ruhestand und längst nach Utopia zurückgekehrt. Die jetzige Regierung hat inzwischen beschlossen, die Dienstzeit der Arbeiter auf Fraudefallacia um ein Jahr auf insgesamt nur noch 9 Jahre zu verkürzen. Bei dieser Nachricht muss mein Nachfolger wohl vor Begeisterung aus meinem Ex-Chefsessel in die Luft gesprungen sein – würde er doch von nun an nicht einem einzigen Arbeiter weder einen Orden zukommen noch die Gehaltserhöhung nach 9 erfolgreichen Dienstjahren zahlen müssen. Inzwischen hatte ich viel Zeit, um über mein damaliges Handeln nachzudenken. Offen gestanden, an mir nagen schon seit einiger Zeit Zweifel, ob ich damals wirklich richtig gehandelt habe. Noch heute sehe ich im Geist ab und zu diesen jungen Mann in meinem damaligen Büro stehen mit diesem unbeschreiblichen Blick in den Augen. Heute weiß ich, dass es schlichtweg Enttäuschung war, die mir entgegenströmte, als sich unsere Blicke trafen. Obwohl ich nie von dem Hohn und Spott erfahren habe, den dieser Mann damals von seinen Kollegen über sich ergehen lassen musste, da er als einziger in einer festen Gruppe keinen Orden erhalten hatte, wird mir klar, dass ich einen Namen wohl niemals vergessen werde. Und dieser Name ist...

...Baumann ...

So viel zu Herrn Clever! Ich sagte, dass die Realität außer Kraft gesetzt worden sei, was jedoch eigentlich nicht ganz korrekt ist. Es ist größtenteils die Wahrheit, nur wurde sie zur einfacheren Erklärung in eine fiktive Welt projiziert. Das Auffälligste ist wohl die Dienstzeit mit 10 Jahren = 10 Monate Grundwehrdienst. Aber auch den anderen Geschehnissen fehlt der Bezug zur Realität nicht. Als ich im Juni nachfragte, warum ich denn nicht befördert worden sei, obwohl ich doch die für meine TE üblichen Lehrgänge (ATNs) alle bestanden hätte, wurde mir eröffnet, dass meine Personalakte das ganz anders sehe. Generell wird ein Soldat im 10. Dienstmonat vom Obergefreiten zum Hauptgefreiten befördert, wenn er die in seiner Akte stehenden „Tätigkeitsbeschreibungen" erfüllt. Ansonsten erfolgt die Beförderung erst im 12. Dienstmonat als Pflichtbeförderung. Normalerweise stand in den Personalakten der Leute in meiner TE: „Sanitätssoldat" und „ABC-Abwehrsoldat" als Tätigkeitsbeschreibung, denn das war ja auch ihre eigentliche Funktion. Bestanden sie in ihrer Grundwehrdienstzeit also die entsprechenden Lehrgänge und erwarben die beiden geforderten ATNs, so wurden sie, im Einklang mit ihrer Dienstakte(!), im 10. Dienstmonat zum Hauptgefreiten befördert. Da ich diese beiden ATNs neben ein paar weiteren längst erlangt hatte, schien meiner Beförderung nichts mehr im Wege zu stehen. Wie gesagt, die Akte war der springende Punkt. In meiner Bw-Zeit war ich jedoch „von Dienstposten zu Dienstposten" verschoben worden, ausschließlich auf dem Papier, wohlgemerkt. Laut meiner Akte waren meine endgültigen Tätigkeitsbeschreibungen „Militärkraftfahrer B" und „Stabsdienstsoldat". Die jeweiligen ATNs dazu hätte ich vorweisen müssen, um zum Hauptgefreiten befördert zu werden. Meine TE hat und hätte mich jedoch nie auf einen Stabsdienstlehrgang geschickt, da nie die Absicht bestand, mich in einem Büro einzusetzen! Ich arbeitete als ABC-Abwehr- sowie als Sanitätssoldat, wofür ich schließlich auch ausgebildet worden war, genau wie „Baumann" nun mal ein Holzfäller war. Die Einträge in den Akten hatten in beiden Fällen nichts mit der Realität gemeinsam, waren jedoch im Bezug auf den letzten Dienstmonat von entscheidender Bedeutung. Nur wegen eines Eintrags auf dem Papier entgingen mir sowohl die Beförderung (Baumanns goldener Orden) als auch die Gehaltserhöhung.

Dies ist geradezu Hohn: Zitat aus meinem Dienstzeugnis, erster(!) Satz: *„Herr Obergefreiter Puch, [...] hat bei der Bundeswehr seinen Grundwehrdienst [...] als Sanitätssoldat und ABC-Abwehrsoldat [...] in Fürstenau geleistet."*

Ein weiteres Zitat aus demselben Zeugnis: *„Hier war er mit der Pflege, Wartung und Erhaltung der Einsatzbereitschaft von hochwertigem Sanitäts- und ABC-Abwehr-Material beauftragt."*

Das Herrliche daran: Es stimmt alles haargenau! Aber wie ist es dann zu erklären, dass ich auf dem Papier ein Stabsdienstsoldat sein sollte, wo es doch offensichtlich war, dass dies nichts mit der Realität zu tun hatte!? Aufklärung erhielt ich erst nach einem Beschwerdebrief, den ich damals an den Regimentskommandeur persönlich adressiert hatte. Ich rechne ihm positiv an, dass er überraschend ausführlich auf mein Schreiben antwortete. Der Inhalt seines Schreibens hingegen war alles andere als zufriedenstellend. Natürlich konnte er schlecht seinem eigenen Arbeitgeber in den Rücken fallen, jedoch war die Trockenheit, mit der er mir den Sachverhalt nahe brachte, schon bemerkenswert. Es gibt bei der Bundeswehr gewisse Planstellen, die jederzeit besetzt sein müssen (vgl. Holzfäller, Arzt, Polizist, ... auf Fraudefallacia). Und aus eben diesem Grund saß ich, laut meiner Akte, auf einem Dienstposten, mit dem ich in Wirklichkeit absolut nichts zu tun hatte. Die Formulierung „dienstliche, personelle Notwendigkeit" stammt übrigens **nicht** von **mir**! Tatsächlich waren der nächsthöhere Dienstgrad und meine Gehaltserhöhung der „formalen Quotenerfüllung" der Bundeswehr zum Opfer gefallen. Quotenerfüllung auf meine Kosten, im wahrsten Sinne des Wortes. Der Kommandeur klärte mich darüber auf, dass jeder Dienstposten nur einmal besetzt werden dürfe und dass die Entscheidung, welcher Grundwehrdienstleistende auf welchen Dienstposten verfügt wird, schon sechs Wochen nach Dienstantritt (also noch während der AGA) getroffen würde. Demnach wird also schon dort, in einer „Willkürentscheidung am Schreibtisch", über das spätere Schicksal des Einzelnen entschieden, wer hinterher einmal die besseren Chancen für die „Extra-Beförderung" erhalten wird. Um jeden Dienstposten jederzeit besetzt zu halten, ist es zum Teil sogar nötig, Soldaten häufiger von Posten zu Posten zu verschieben (wie bei mir geschehen). Der Kommandeur bezeichnete dies nur als „Überhangdienstposten". Diesen Begriff musste ich meinem Vokabular erst einmal hinzufügen. Er hätte es aber auch schlicht als „ÜberGangsdienstposten" bezeichnen können. Die gewaltige „Verarschungsmaschine Bund" hatte abermals bewiesen, dass sie niemals schlief! Es gab ein Beispiel, bei dem ich mit einem Kameraden Seite an Seite vier Lehrgänge absolvierte. Ich machte jedoch noch einen fünften zusätzlich (den B-Fort), und war damit doch, in aller Bescheidenheit, zumindest der Logik nach besser ausgebildet als dieser Kamerad. In der Praxis nahmen wir beide dieselben Aufgaben wahr. Er wurde befördert, ich guckte zu. Weil der Eintrag seiner Dienstakte im Gegensatz zu meiner mit der Realität übereinstimmte. Und das trieb mich zu der Frage, welche fachliche Kompetenz mir dieser Kamerad voraus haben sollte, dass er (durch die Beförderung) mir gegenüber zu einer „weisungsberechtigten Person" erhoben wurde? Ich konnte keine finden, da es keine gab und hätte folglich im Ernstfall große Probleme gehabt, mich diesem Kameraden unterzuordnen, da ich doch genau wusste, wie sein Dienstgrad wirklich zustande gekommen war. An diesem Punkt erlosch auch mein Bestreben nach einem höheren Dienstgrad, da bewiesen worden war, dass er nichts wert wäre. In meiner Vorstellung wird ein höherer Dienstgrad wegen Leistung und Kompetenz verliehen. In diesem Zusammenhang war mir schon das Wort „Pflichtbeförderung" (Gefreiter nach 3 Monaten, Obergefreiter nach 6 Monaten, ...) zuwider. Ich musste schließlich erkennen, dass meine Vorstellungen mehr mit einem gefühlsduseligen Army-Film im Kino gemeinsam hatten als mit der Realität. Ich hielt dem Kommandeur also vor, dass die Ausgangschancen auf eine Beförderung unter den Kameraden demnach nicht gleich wären (je nachdem, wo man im Dienstpostenverfügungsroulette landet) und wies ihn darauf hin, dass, als amüsanter Vergleich, ein Löwe im Zirkus wahrhaftig froh sein müsse, wenn er nicht aus „dienstlichen, personellen Notwendigkeiten" auf der Planstelle eines Elefanten landete, denn eine Heu- und Erdnussdiät bekäme ihm wohl auf Dauer eher schlecht. Jedoch wäre dieser Umstand doch durchaus denkbar, wenn ein Zirkus keinen Elefanten hätte, aber „nach außen hin" wenigstens einen vorweisen müsse.

Fazit:

1. Ich wurde als Sanitätssoldat und ABC-Abwehrsoldat eingesetzt. Mein Dienstzeugnis spricht diesbezüglich eine unmissverständliche Sprache.

2. Ich besaß die entsprechenden ATNs dieser Lehrgänge.

3. Die Einträge in meiner Dienstakte bezüglich meiner angeblichen „Tätigkeitsbeschreibung" waren schlicht Hohn.

4. Die erwähnte Beförderung hatte ihren Ursprung nicht etwa in fachlicher Kompetenz, sondern in fachlicher Kompetenz in Kombination mit der Erfüllung der in der Dienstakte stehenden Anforderungen, die jedoch nur auf dem Papier existierten.

Eine „Beruhigung" bleibt jedoch für künftige Generationen von GWDLern: Die in der Kurzgeschichte erwähnte Dienstzeitverkürzung von 10 auf 9 Jahre ist ebenfalls nur eine Analogie zur Realität. Und da die Pflicht-Wehrdienstdauer fortan nur noch bei 9 Monaten liegt, hat sich das mit eventuellen Beförderungen im 10. Dienstmonat eh erledigt. Wie viele Leute bis zu diesem Zeitpunkt jedoch um Dienstgrad und Gehaltserhöhung „geprellt" wurden, wird wohl für immer eine Dunkelziffer bleiben.
Beförderung zum Hauptgefreiten = Pflichtbeförderung im 12. Dienstmonat.
Ironischerweise wird der Dienstgrad bei Beförderung im 10. Dienstmonat (bei

Erfüllung der erwähnten Anforderungen) als „Leistungs-Hauptgefreiter" bezeichnet. „Glücks-Hauptgefreiter" wäre allerdings treffender ... Es ist wie ein Witz. Obwohl mir der Dienstgrad inzwischen wirklich egal ist, ärgert mich das Geschehene dennoch bis heute. Aber mir blieb damals eine untrügliche, erleichternde Gewissheit: „Einen Monat könnt ihr mich noch herumtreten, dann ist Schluss!"

Glücklicherweise bot der Juni auch noch Angenehmeres, denn auf den BFD-Lehrgang hatte ich mich schon lange gefreut. Nach nicht enden wollenden Überlegungen, was für mich in Frage käme, musste ich feststellen, dass die Angebote entweder an Orten stattfanden, die mir zu weit weg waren, oder dass sie über einen zu langen Zeitraum laufen sollten. So kam ich schließlich auf: Gabelstaplerfahrer!! Perfekt – der Kurs sollte genau eine Woche dauern (Mo – Fr). Mit diesem Kurs würde ich alle 5 Tage Sonderurlaub, die mir für BFD-Maßnahmen zustanden, auf einmal ausnutzen können. Und außerdem würde ich nicht die kompletten dafür vorgesehenen 1.300 DM (~ 665 €) verfallen lassen müssen. Noch während der Grundausbildung hatte eine Informationsveranstaltung eines BFD-Beraters stattgefunden. Er hatte uns unter anderem gefragt, wer beabsichtigen würde, an einer solchen Maßnahme teilzunehmen. Bis auf vier oder fünf Hände hatten sich alle im Hörsaal Anwesenden gemeldet, woraufhin uns der Berater darauf hinwies, dass tatsächlich weit über 80 Prozent der Leute ihren Absichten nicht nachgehen würden. Inzwischen hatte ich verstanden, was ich damals noch mit einem Kopfschütteln zur Kenntnis genommen hatte – beinahe hätte ich sogar selbst nicht an den Maßnahmen teilgenommen. Man lässt es einfach viel zu sehr schlüren, um dann irgendwann feststellen zu müssen, dass die Grundwehrdienstzeit schon fast rum ist! Ich hatte es hingegen gerade noch geschafft. Da die Lehrgangskosten nur dann übernommen wurden, wenn die Maßnahme im Einklang mit dem Berufswunsch des „Möchtegernteilnehmers" stand, mutierte mein Berufswunsch vorübergehend zum „Groß- und Außenhandelskaufmann". Schönen Dank noch mal an den sympathischen Berater, der mir das ermöglichte! Ups, äh – nein wirklich! Ich wollte für den Zeitraum ganz, ganz ehrlich Groß- und Außenhandelskaufmann werden!
Der Lehrgangstermin selbst hätte zu keinem günstigeren Zeitpunkt liegen können. Ich hatte gerade eine Woche Urlaub hinter mir (Ende Mai – Verbraten von Resturlaub), die mir sehr gut getan hatte. Die sich nun anschließende

Woche hingegen hatte mich echt aufgeregt, denn abgesehen von der „verpatzten" Beförderung wurden wir auch noch aufgefordert, die Zelte von dem Special Auftrag nochmals komplett zu überprüfen, da es beim ersten Mal offenbar Fehler gegeben hatte. Diesmal mussten wir die Zelte aber als Test auch noch teilweise aufbauen!! So war es eigentlich nur gerecht, dass es die einzige Woche Dienst für mich sein sollte, bevor schon die BFD-Maßnahme wieder begann. Zu dem Zeitpunkt hätte ich mir noch nicht träumen lassen, dass dies praktisch bereits meine letzte „richtige" Dienstwoche bei der Bundeswehr gewesen sein sollte. In derselbigen war ich übrigens auch noch einmal ins Gezi gerufen worden. In der Befürchtung, in meinem letzten Dienstmonat jetzt doch noch die Folgen meiner „Fotosession" auf dem Special Auftrag ausbaden zu müssen, verwandelte sich mein Unwohlsein beim Eintreffen im Gezi in helle Freude. Der Soldat hielt mir nämlich lediglich meine heißgeliebte Erkennungsmarke unter die Nase. Nach all den Monaten war sie nun wieder wohlbehalten zu ihrem „Papa" zurückgekehrt. Die Zeltstadt der Sanitätsübung musste inzwischen schon längst wieder zerlegt worden und irgendein Soldat wohl beim Reinigen eines Containers zufällig über die Marke gestolpert sein. Überaus löblich ist, dass er sich überhaupt die Mühe gemacht hatte, sie weiterzuleiten. Denn nach all den Monaten hätte er durchaus auch zu der Ansicht gelangen können, dass sich der Besitzer inzwischen längst um Ersatz gekümmert hätte. In dem Fall wäre sie wohl in den Müll gewandert. Aber offenbar ahnte der unbekannte Soldat bereits, dass es so dämliche Kameraden wie mich gäbe, die viel zu sentimental wären, um sich einfach eine Neue anfertigen zu lassen!!! Übrigens – von der Blitzergeschichte habe ich auch in meiner restlichen Bw-Zeit nie mehr etwas gehört. Offensichtlich haben wohl die zuständigen Beamten beim Anblick des Fotos gestutzt, dann erkannt, dass es sich um ein Bw-Fahrzeug handelt, und sich danach dazu entschlossen, in der Sache nichts weiter zu unternehmen – sehr zu meiner Freude! Doch – wofür zum Teufel hatte ich denn dann bitteschön auf dem Special Auftrag am entsprechenden „Fotoabend" gegenüber meinem Vorgesetzten extra die allertiefste Zerknirschung geheuchelt!? Mal wieder zu voreilig gewesen ...

Wie auch immer, Montagmorgen traf ich in der fremden Kaserne ein, in der der BFD-Lehrgang stattfinden sollte. Zuerst gab es zwei wesentliche Fragen zu klären: Unterkunft und Verpflegung. Die Bundeswehr ist verpflichtet, ihren Angehörigen beides zu stellen, jedoch hatte ich von dieser Kaserne bislang keine direkte Zusage erhalten. Also führte mich mein erster Weg zum „Spieß" (dem Kompaniefeldwebel). Der war überhaupt nicht erfreut, dass er sich nun darum kümmern sollte: „Konnten Sie das denn nicht schon vorher klären??" Zu meinem Glück stand ich in zivil vor ihm und war daher weder an die „Grußpflicht" noch an anderweitig korrektes militärisches Verhalten gebunden. Also erklärte ich ihm ganz sachlich, dass mir seitens seiner Kompanie im Vorfeld keine klare Auskunft gegeben worden sei. Und übrigens hätte ich noch die Frage, wie das mit dem „Einkaufen" in die Kasernenverpflegung laufen würde. Ich hätte mich in meinem Heimatstandort nämlich für die Dauer des Lehrgangs aus der Verpflegung heraus nehmen lassen (insgeheim hoffte ich nämlich, aus Fürstenau das doppelte Verpflegungsgeld ausbezahlt zu bekommen, und mich in der anderen Kaserne zum „einfachen Tarif" wieder in die dortige Verpflegung einkaufen zu können. Erhoffter Reingewinn: 5,85 DM / Tag (~ 3 €). Bei einer ganzen Woche würde sich das schon wieder lohnen). Nun sah der Spieß endgültig rot: „Für so was hätten Sie von Ihrem ReFü (Rechnungsführer) ein Vergleichsschreiben mitbringen müssen – das haben Sie jetzt auch nicht, oder was!?" Ich entgegnete abermals völlig ruhig: „Tut mir leid, ich mache den Spaß hier zum ersten Mal. Ich war in meinem Heimatstandort im Gezi und habe dort gefragt, ob ich noch irgendetwas beachten müsse, was verneint worden war. Und was man mir nicht sagt, kann ich auch nicht wissen, oder?" Ich spürte, wie der Spieß um Fassung rang, denn nach dieser Aussage schied ich als Sündenbock aus – und er wusste das! Nur, an wem sollte er denn jetzt seine Unzufriedenheit über die Situation auslassen? Richtig! Er löste das Problem so elegant und souverän, wie jeder andere Vorgesetzte es auch getan hätte. Er rief den nächstbesten Kameraden mit niedrigerem Dienstgrad, in diesem Falle den UvD, und sagte barsch: „Sorgen Sie dafür, dass der Kamerad hier für diese Woche eine Stube kriegt!" Und außerdem trug er mir noch auf, mich beim hiesigen ReFü einzufinden, um das mit der Verpflegung zu klären. Warum war er nur so aufgeregt? Hatte ich etwa sein Vormittagsschläfchen unterbrochen!? So weit so gut!

Der UvD geleitete mich mit einem weiteren BFD-Teilnehmer zu einer Stube und hielt etwa diesen Monolog: „Diese Stube hier steht leer, die könnt ihr für diese Woche haben. Bettwäsche besorge ich noch für euch. Lasst nichts auf den Tischen liegen – die Leute klauen hier wie die Raben!" Ich dachte, ich hätte mich verhört und auch der andere Lehrgangsteilnehmer guckte etwas sparsam. Wir fragten uns, was der UvD damit gemeint haben könnte – und auf meine Frage, wo denn eigentlich der Stubenschlüssel sei, damit man wenigstens abschließen könnte, entgegnete er nur: „Der wurde auch schon geklaut!"

Also bezogen wir erst einmal die Stube. Der andere Lehrgangsteilnehmer war im selben Dienstmonat wie ich, und angesichts der offenbar „feindlichen Umgebung" stellte sich wenigstens zwischen uns beiden schnell ein gewisses Vertrauensverhältnis ein. Aber dass es nicht einmal einen Stubenschlüssel geben sollte? In Fürstenau habe ich meine Spinde fast immer unverschlossen gelassen. Ich war ja meist der einzige auf der Stube und schloss selbige beim Verlassen immer ab. Auch, nachdem ich auf die Stube vom Typ „Kaserne 2000" versetzt worden war, änderte ich nichts an meiner Gewohnheit, denn der Kamerad, mit dem ich die Stube teilte, war absolut vertauenswürdig. Nur die Stubentüren wurden grundsätzlich verschlossen. Sollte eigentlich reichen, obwohl ich auch davor schon gewarnt wurde. Angeblich sollte nämlich der Kompaniechef bei Langeweile ab und zu mit dem Generalschlüssel von Stube zu Stube tippeln. Und sollte er dabei auf nicht verschlossene Spinde treffen, würde er nicht zögern, seinen eigenen Privatbestand als „Lehrmaßnahme" ein wenig zu erweitern ... Ich weigerte mich damals, das zu glauben, obwohl mir dieses Gerücht von diversen Leuten unabhängig voneinander zu Ohren gekommen war.

Gegen 10 Uhr trafen wir dann erstmals unseren Lehrgangsleiter, der gleichzeitig auch unser Prüfer sein sollte. Er ein Zivilist, sehr zu unserer Freude – denn das würde bedeuten, dass niemand von uns verlangen würde, die Uniform zu tragen. Auch war das Verhältnis zu ihm so viel entspannter, da wir in keinem Dienstverhältnis zueinander standen. Eine ganze Woche in zivil rumlaufen – herrlich! Der Herr begann dann auch sogleich mit dem theoretischen Unterricht für „angehende Gabelstaplerfahrer". 2 Stunden Unterricht, eine Pause, und dann gleich noch mal ca. anderthalb Stunden Unterricht. Zwischendurch fragte er immer wieder sehr eindringlich nach, ob auch alles verstanden worden wäre, was wir ihm immer bestätigten. Ich hoffte nur, dass ich den ganzen Krempel bis zur vermeintlichen Prüfung am Freitag auch komplett drin hätte. Um 15:30 Uhr waren das dann jedoch andere Worte. „Haben Sie das verstanden?" fragte er wieder. Wir bejahten. „Wirklich?" Abermals ein „Ja". „Gut, dann machen wir jetzt gleich die Prüfung!" „WAAAAASSS??? Aber wir, also, Moment!" Die ruhige, entspannte Atmosphäre war mit einem Schlag allgemeiner Nervosität, ja geradezu Panik gewichen. Aber der Prüfer zog das durch. Und ich Einfaltspinsel hatte geglaubt, vielleicht am Freitag ...

Wider Erwarten ging alles gut – ein Hoch auf die Logik und ein gutes Kurzzeitgedächtnis! Nur zwei Leute sollten den Test nicht bestehen. Danach teilte uns der Prüfer in zwei Gruppen ein (Vormittags- und Nachmittagsgruppe).

Erst nach der Einteilung verstand ich, worum es dabei eigentlich ging. Die praktische Ausbildung würde nicht in der Kaserne stattfinden, sondern auf einem etwa 25 Km entfernten Bauernhof. Und da wir für 3 – 4 Stapler schlicht zu viele Leute waren, sollte die Gruppe aufgeteilt werden, um „unnötiges Rumstehen" zu vermeiden. Sollte das etwa bedeuten, dass wir nur halbtags würden „arbeiten" müssen!? Ich würde tatsächlich Recht behalten.

Als ich mit meinem zukünftigen Stubengenossen in unser Unterkunftsgebäude kam, drückte uns der UvD zwei Spindschlüssel in die Hand mit den Worten: „Ich hab' für euch die Bettwäsche besorgt und in den Spind eingeschlossen". Er sagte das mit einer Selbstverständlichkeit, als wollte er eigentlich gesagt haben: „Heute abend wird es dunkel". Mein Kamerad fragte verdutzt nach: „Sie haben die Bettwäsche im Spind EINGESCHLOSSEN?" (Normalerweise wird sie einfach auf dem Bett deponiert!) Der UvD hatte seine Warnung vor Dieben bei unserer ersten Begegnung offenbar todernst gemeint und grinste bloß: „Na klar, hier ist sogar schon benutzte Bettwäsche von den Betten verschwunden." Mein Kamerad: „Das ist jetzt nicht Ihr Ernst!" Der UvD grinste nur und ging. Wir rätselten noch, ob wir nun in einer „Trickdieb-Kompanie" gelandet sein sollten, oder ob das alles nur ein Missverständnis wäre. Tatsächlich würde ich in den folgenden Tagen beim Verlassen der Stube selbst meinen Schlafanzug im Spind mit einschließen, den ich sonst unter dem Kopfkissen zu deponieren pflegte.

Mein „Standard-Tagesablauf" sollte nun vorübergehend wie folgt aussehen: Morgens gegen 10 Uhr gut ausgeschlafen aufstehen. Kurz das Bett bemitleiden, das in den letzten Jahrzehnten wahrscheinlich noch nie einen Soldaten so lange am Stück hatte ertragen müssen, und danach frühstücken. Natürlich hatte ich abends von der Verpflegung etwas mitgenommen – das war ja aus Fürstenau schon Routine! Danach in aller Ruhe anziehen – natürlich zivil! Schon halb elf, also die Vorhänge aufziehen und sich deutlich sichtbar vor dem Fenster räkeln, in der Hoffnung, dass mich irgendjemand dabei beobachten und sich ärgern würde. Noch eine ganze Stunde Zeit – also her mit einem „Lustigen Taschenbuch"! Mein Zimmergenosse war der perfekte Kamerad – er hatte doch tatsächlich einige Micky Maus Hefte dabei!! Gegen Mittag dann mal langsam zum Auto marschieren und in aller Ruhe die 25 Km bis zum Ausbildungsort bewältigen. Dort angekommen ein kurzes „Hallo" zum Prüfer und den anderen Teilnehmern. Danach: 2,5 Stunden „Spaß pur" haben beim Gabelstapler fahren – was wohl gerade die Kameraden daheim in Fürstenau so treiben mochten!? Ooch, Zeit schon wieder rum? Also gegen

15 Uhr wieder Richtung Kaserne. Bis zum Abendessen noch eine halbe Stunde Zeit – das sollte noch für drei bis vier Comicgeschichten reichen ... Schön Abendbrot essen, etwas für den nächsten Morgen einpacken und es sich dann wieder auf der Stube bequem machen. Und morgen wieder ausschlafen!

So ganz ließ man mich und meinen Stubengenossen dann aber doch nicht in Ruhe. Einmal saßen wir am frühen Nachmittag, in Comics vertieft, auf der Stube, als plötzlich (ohne Anklopfen!) die Tür geöffnet wurde. Der Kopf eines uns unbekannten Soldaten lugte herein, der seinen Blick durch das Zimmer wandern ließ. Er stutzte, als er uns sah, da er wohl nicht damit gerechnet hatte, dass sich mitten in der Dienstzeit jemand dort aufhalten würde. Er sagte nur „Mo-hoin!", ließ seinen aufmerksamen Blick unbeirrt weiter durch die Stube wandern und verschwand anschließend ohne ein weiteres Wort. Mein Kamerad und ich blickten uns verdattert an. Deutlich nach Worten suchend sagte er: „Da... Da... Das war doch aber jetzt nicht das, wonach es gerade aussah, oder!?" Ich hatte ebenfalls Mühe, mich vernünftig zu artikulieren: „Also, ich weiß ja nicht, ob du jetzt das denkst, was ich gerade denke, aber wenn wir beide dasselbe denken und damit Recht haben sollten, dann wäre das da eben gerade schon ganz schön dreist gewesen ..." Am nächsten Tag fragte mich mein Kamerad, ob er wohl seinen Radiowecker auch besser wegschließen sollte. Sei ja bestimmt nicht nötig. Mich an den ungebetenen Besuch des Vortages erinnernd, guckte ich ihn daraufhin so richtig dämlich an. Er: „Ey komm, dieses Gammelteil!" Mein Gesichtsausdruck unverändert. „Das Ding ist außerdem schon uralt!" Unveränderter Gesichtsausdruck meinerseits. Er: „Ok, ok, hast ja Recht, ich schließ' ihn auch ein!" Traurig aber wahr, was hier notwendig war!

Ansonsten war es aber eine sehr entspannte Atmosphäre. Wir lasen unsere Comics und hörten Musik. Er hatte eine Ministereoanlage dabei (die die 220 Volt aus der Steckdose direkt in Dezibel umzusetzen schien!) und ich die passende Musik dazu. Unser favorisierter Hit würde „Langweilig" von „den Ärzten" werden.

Beim Staplerfahren sollte die gesamte Gruppe zügig vorankommen. So zügig, dass uns der Prüfer bereits Donnerstag gegen Mittag die praktische Prüfung abnahm. Wir mussten 4 nebeneinander stehende Gitterboxen sauber aufeinander stapeln – in einem Zeitlimit. Ich bin mir heute nicht mehr ganz sicher, aber ich glaube, dass wir damals 5 Minuten dafür hatten. Danach händigte uns der Prüfer, nach einem kurzen Abschlussgespräch, unsere Fahrausweise aus. Er sagte noch: „Eigentlich geht der Kurs offiziell noch bis morgen und ich darf

Sie jetzt gar nicht gehen lassen. Allerdings können Sie alle jetzt Stapler fahren und es würde nun auch keinen Sinn mehr machen, Sie hier trotzdem noch unnötig „festzuhalten"." Was sollte man dazu sagen? Ein Mann von einer Behörde, der nicht stur nach Vorschrift ging, sondern in der aktuellen Situation eine korrekte Entscheidung fällen konnte? Respekt, Respekt.

Also ab zurück in die Kaserne und die Sachen gepackt. Mein Stubennachbar war bereits abgereist, jedoch hatte er die Leih-Bettwäsche auf dem Tisch liegengelassen. Das sollte jedoch kein Problem darstellen und ich wollte sie zusammen mit meiner eigenen wieder in der Wäschekammer abgeben. Der Feldwebel dort musterte den Stapel und sagte: „Bei ihrem Kamerad sind ja gar keine Handtücher mehr dabei. Oder hatte der erst gar keine gekriegt?" Ich entgegnete stumpf: „Entweder das, oder sie wurden schlichtweg geklaut." In diesem Moment wurde ich beinahe rot, denn mir wurde bewusst, wie dämlich und unglaubwürdig sich dieser Satz angehört haben musste. Dem Feldwebel hingegen schien das als Erklärung zu genügen, denn er legte nur den Kopf etwas in den Nacken und nickte zufrieden. Spätestens jetzt war mir klar, dass in dieser Kompanie wahrhaftig Hopfen und Malz verloren waren ...

Schnell noch einen Abstecher zum ReFü und die Verpflegung bezahlt (meine geplante Rechnung sollte übrigens aufgehen!) und ab zum Auto. Ein freundlicher Gruß an die Militärwache am Tor und ab nach Hause.

Schon am frühen Abend würde ich dort ankommen und am nächsten Morgen daheim in meinem eigenen Bett aufwachen, mit dem Gedanken, immer noch Sonderurlaub zu haben! Offiziell waren wir Lehrgangsteilnehmer an dem Tag natürlich noch alle in einem Betrieb, um einen seitwärts fahrenden Gabelstapler zu studieren! Fazit: So 'n BFD is' 'ne dolle Sache!! Zwar hatte ich nur knapp 300 der 1.300 verfügbaren DM „verbraucht" – aber besser als gar nichts, und außerdem war der Sonderurlaub wirklich URLAUB gewesen!

In der folgenden Woche nahm das Schicksal dann noch einmal eine (seltene) Wendung zum Guten. Wie gewohnt traten wir morgens vor unseren Stuben zur Anwesenheitskontrolle an. Direkt danach wollte ich mich wieder, ebenfalls wie gewohnt, auf den Weg zu dem Büro unseres TE-Führers machen, da wir vor selbigem immer noch ein zweites Mal „antraten", um zu unseren Diensten eingeteilt zu werden. Gerade, als ich der „Meute" folgen wollte, hörte ich plötzlich: „Puch? Wo willst du denn hin?" Nun stellte ich fest, dass alle Kameraden aus meinem AGA-Sechstal keine Anstalten machten, sich

Richtung Büro aufzumachen. Der eine Kamerad ergänzte: „Wir arbeiten doch jetzt nicht mehr! Wir sammeln nur noch Unterschriften." Dabei wedelte er mir mit einem Laufzettel unter der Nase herum. Ich war verwirrt und fragte: „Häh? Was soll das sein?" Man erklärte mir daraufhin, dass die Vorbereitungen zu unserer baldigen Entlassung schon auf vollen Touren liefen. Mit dem Laufzettel musste man sich Unterschriften bei knapp 30 verschiedenen Anlaufstationen abholen, als Nachweis, dass man „alles zurückgegeben hatte", was man an Bw-Eigentum jemals erhalten hatte. Anlaufstationen waren die Waffenkammer, der VU, die Mat.-Gruppe, das Gezi, usw. Rückblickend würde ich sagen, dass man diese Unterschriften, wenn alle Dienststellen mitgespielt hätten, innerhalb von 3 – 4 Stunden hätte erhalten können. Wir hatten hingegen etwa zweieinhalb Wochen dafür Zeit! Jetzt wurde mir klar, warum meine Kameraden sich wieder auf ihre Stuben zurückzogen. Es wurden noch mal zwei tolle Wochen. Auf der Stube sitzen, Fernsehen gucken, mit Kameraden labern, vielleicht mal zwei, drei Unterschriften holen und erst mal wieder Pause machen ... Teilweise trieb uns unsere Langeweile schon wieder auf die Büros unserer Vorgesetzten. Doch immer, wenn es hieß: „Könntet ihr nicht mal gerade..." blockten wir sofort ab: „Keine Zeit, wir müssen doch noch Unterschriften sammeln". „Oh! Richtig, verdammt! Ja, dann muss ich's halt gleich selber machen!" Wir für unseren Teil verzogen uns erst mal wieder auf unsere Stuben! Eigentlich war diese „Unterschriftensammlerei" sehr lehrreich, denn oft kamen wir dabei an uns völlig unbekannte Orte und mussten erst noch mal nachfragen: „Wozu brauchen wir eigentlich Ihre Unterschrift? Was hätten wir denn hier bekommen können?" Wir lernten, dass es sogar eine Einrichtung gab, wo man Spiele und Videos hätte ausleihen können. Schön, dass wir wenigstens kurz vor unserem langersehnten DZE noch erfuhren, was alles möglich gewesen wäre.

Mittlerweile hatten wir uns abgesprochen und erschienen morgens zum Antreten bereits in Zivilkleidung. Was war es doch am vergangenen Abend für ein bewegender Moment gewesen, die Uniform vor dem Spiegel stehend genussvoll auszuziehen – für immer! Mit derselben Begeisterung, mit der ich sie damals in der AGA erstmals angezogen hatte, hatte ich sie nun wieder ausgezogen! Traditionsgemäß riefen wir beim morgendlichen Antreten nun nicht mehr „Hier", wenn unser Name fiel, sondern stattdessen „Abgänger", vorzugsweise **„Aaaaaaaabgäängeeeeeeeer"** ausgesprochen! Nach dem fünften „Abgänger-Ruf" hintereinander wusste unser Vorgesetzter schon gar nicht mehr, wo ihm der Kopf stand: „Jaa, reicht ja mal langsam hier!!!" Für uns

war es ein Riesenspaß, hatten wir doch fast 10 Monate darauf warten müssen. Auch klauten wir uns nun gegenseitig, ebenfalls traditionsgemäß, unsere Namensschilder, praktisch als Erinnerung an den jeweiligen Kameraden. Wir hatten zuvor extra beim VU noch mal (rechtzeitig!) Namensschilder nachbestellt, damit sie auch ja reichten! An einem frühen Mittwochnachmittag, dem 27.06.2001, war es dann soweit. Eigentlich sollte in ein paar Stunden noch eine Art „Abschlussantreten" stattfinden. Einige waren jedoch schon abgehauen und so beschlossen die restlichen Kameraden meines AGA-Sechstals und ich, es ihnen gleich zu tun. Schon komisch, es war nur ein schnelles „Tschüss" hier und da, „Tschüss, macht's gut!" Leute, mit denen man fast ein ganzes Jahr lang jeden Tag so viele Stunden zusammen verbracht hatte, wie es sonst wohl nur bei Geschwistern in deren Kindheit vorkommt, würde man nun von einem auf den nächsten Tag vermutlich nie wiedersehen. Bei manchen war einem das eigentlich egal, aber bei anderen war es schon bedeutend schwerer, sie so einfach „gehen" zu sehen. Einer der letzten Soldaten, von dem ich mich verabschiedete, war ein „flüchtiger Bekannter". Ich wusste noch genau, wie ich ihn damals an einem der ersten Tage in der AGA im Hörsaal hatte sitzen sehen. Er war damals im ersten, ich im zweiten der beiden Ausbildungszüge gewesen. Und viele Monate später war er derjenige gewesen, mit dem ich auf meiner ersten BWK-Fahrt nach dem kollabierten Motor alle Zeit der Welt gehabt hatte, um mich zu unterhalten. Ansonsten hatten wir nie wirklich etwas miteinander zu tun gehabt und es dauerte (nach dem DZE) noch einige Zeit, bis mir bewusst wurde, dass ich nicht einmal seinen Vornamen gekannt hatte. So „unpersönlich" ging es eigentlich immer zu, nicht zuletzt, da auf den Namensschildern ja auch nur der Nachname stand. Mit dem Vornamen sprach man sich nur an, wenn man sich besonders gut verstand und schätzte. An dieser Stelle könnte ich anmerken, dass es mir nur bei drei Kameraden wirklich leid täte, nichts mehr mit ihnen zu tun zu haben. In diesem Zusammenhang kann ich nur sagen: Markus, Peter und Andrej: Ich hoffe, dass bei euch alles in Ordnung ist, und dass ihr wieder gut im Zivilleben untergekommen seid.
Die Fahrt aus der Kaserne heraus war diesmal etwas ganz Besonderes. Nein, dieses „Ich komme nie wieder-Gefühl" ließ sich definitiv nicht wegdiskutieren und so fuhr ich beinahe andächtig. Fast fühlte ich mich, als sei ich nach einer 10-monatigen Haftstrafe wieder entlassen worden und wäre nunmehr wieder „mein eigener Herr". Ein höflicher Gruß an die Wache am Tor – und Gas! Jetzt ging es tatsächlich NACH HAUSE!

Zu Hause angekommen kam ich gerade noch rechtzeitig, um meine Eltern in ihren 3-wöchigen Sommerurlaub zu verabschieden. Das Haus gehörte nun wieder mir und für die nächsten Monate hatte ich erst einmal nichts geplant! Am Wochenende war es dann soweit, nachdem ich mich schon wieder recht gut zu Hause eingelebt hatte. Der 30.06.2001 war als DZE angegeben und in der Nacht von Samstag (30.06.) auf Sonntag (01.07.) passierte es schließlich: Die Uhr sprang um auf 00:00 Uhr und genau in diesem Moment wurde ich wieder zu dem, was ich immer zuvor gewesen war, vielleicht immer hätte bleiben sollen, aber auf jeden Fall von nun an und für alle Zeiten bleiben würde. In dieser Nacht und in diesem Augenblick, wurde ich wieder ein . . . .
. . . .
. . . .
. . . . Zivilist . . .

3. Nachgefragt

Der Neugierige: Herr Puch, was wäre das „Übelste", das Ihnen in Ihrer Zeit bei der Bundeswehr wiederfahren ist?

MP: Eine einzige konkrete Sache ließe sich da nicht nennen. Die Stumpfsinnigkeit meines gesamten Wehrdienstes selbst war wohl das Übelste. Am härtesten empfand ich es, im Biwak unter Schlafmangel gedrillt zu werden. Jedoch sollte man auch die Entbehrungen gerade während der Grundausbildungszeit nicht vergessen, als Wichtigste sei nur die Einschränkung bzw. Aufgabe der Privatsphäre genannt. Im Übrigen habe ich das Bw-Klischee vom „Faulen-Rumsitzen" selbst kaum kennen gelernt. Wenn ich das bedenke, was ich von Bekannten so gehört habe, die in anderen Standorten „gedient" haben, drängt sich mir der Eindruck auf, dass ich ausgerechnet in der fleißigsten Teileinheit der ganzen Bundeswehr gelandet bin. Passte aber irgendwie ganz hervorragend in die Reihe meiner „Glücksfälle" ...

DN: Was wäre das Beste, das Ihnen in der Zeit wiederfahren ist?

MP: Hmmm, wahrscheinlich das teilweise Abhängen von Zeit mit ein paar Kameraden beim Kartenspiel, für das man sogar noch bezahlt wurde. Auch der BFD war nett ...

DN: Welche Gründe waren für Ihre Entscheidung, Wehrdienst zu leisten, ausschlaggebend?

MP: Da gibt es genau drei: Erstens war es Neugierde auf den Bund, trotz aller „Schauergeschichten", die man mir so über ihn berichtete. Zweitens war es einfach mein grundlegender Wunsch, einmal im Leben Teil einer „armeeartigen" Organisation zu sein. Mein dritter Grund beruht auf einer theoretischen Situation. Wenn ich einem Feind gegenüberstehe und sich in meiner Hand eine Waffe befindet, dann möchte ich sicherstellen, dass diese Waffe auch wirklich eine Gefahr für meinen Feind darstellt und nicht für mich selbst! Ich wollte also ein gewisses Grundlagenwissen über Feuerwaffen erlangen. Ein Nebengrund „außer Konkurrenz" könnte vielleicht auch noch meine „Arbeitsmüdigkeit" sein, d.h. Verweigerungsschreiben aufsetzen, sich nach einer potentiellen Zivildienststelle umsehen, usw.

DN: Hat sich Ihr Grundwehrdienst stark auf Ihr Privatleben ausgewirkt?

MP: Klar, wenn man von heute auf morgen plötzlich nur noch an den Wochenenden zu Hause ist, darf man wohl schon von einem gewissen „Bruch" seiner normalen Gewohnheiten sprechen. Im Übrigen übernimmt man während des Dienstes gewisse Verhaltensmuster, die sich auch privat nicht mehr einfach so ablegen lassen. Beispielhalber tut man beim Bund zur Vermeidung von Ärger am besten immer nur genau das, was einem auch gesagt wurde. Zu Hause führt das hingegen schnell mal zu Stress, wenn man mittags vor dem Essen von seinen Eltern gebeten wird, „schon mal die Platzdeckchen hinzulegen" und auch tatsächlich mit ruhigem Gewissen NUR die Platzdeckchen hinlegt, anstatt gleich den ganzen Tisch zu decken, wie die Aufforderung eigentlich gemeint war. Aber so weit denkt man meist nicht mehr, und im Privatleben stößt man damit verständlicherweise schnell auf Unverständnis ...

DN: Sind Sie der Meinung, dass Sie in Ihrer Zeit etwas erreicht haben, also dass Ihr Dienst „Sinn" gemacht hat?

MP: In der AGA wurden wir belehrt, dass wir mit unseren Äußerungen über die Bundeswehr vorsichtig sein sollten. Von Außenstehenden würden die Worte von Bw-Angehörigen meist für bare Münze genommen, weshalb jeder Soldat mitverantwortlich sei für das Bild, das die Bundeswehr in der Öffentlichkeit hat. Deshalb möchte ich etwas differenziert antworten: Ich erinnere mich in diesem Zusammenhang an mein Gelöbnis und an den Stolz in den Augen meiner Oma, die „ihren jüngsten Enkel" damals erstmals in Uniform sah. Ich bin froh, dass mein Opa das nicht mehr miterlebt hat, denn ich hätte es nicht ertragen, auch in seinen Augen womöglich Stolz erkennen zu müssen. Der Gedanke, dass er mit seinen Erinnerungen an fünf Jahre Ostfront womöglich mal einen Einblick in meinen vergleichsweise geradezu lächerlichen „Armee-Alltag" bekommen hätte ... Ich stehe zu meiner Ansicht, dass der Krieg damals schlicht falsch war. Dennoch bin ich froh, dass er nie erfahren hat, wie ich „für mein Vaterland gekämpft" habe.

DN: So, Sie waren also mit Ihren Tätigkeiten nicht zufrieden, da Sie sich offenbar nicht richtig einbringen konnten? Heißt das, dass die Bundeswehr falsch strukturiert ist?

MP: Die Struktur-Diskussion überlasse ich getrost den Experten, auch, wenn ich persönlich eine Berufsarmee favorisieren würde. Wehrdienstleistende sind nämlich zu oft gezwungen, für einen Hungerlohn stumpfsinnige Tätigkeiten zu verrichten. Der resultierende Motivationsmangel wird schnell an den eigenen Kameraden ausgelassen und ist darüber hinaus oft mit einem äußerst sorglosen Umgang mit dem Bw-Material gekennzeichnet. Dies sind wohl die beiden schlimmsten Dinge, die einer Armee passieren können. Die Berufs-

114

armee wäre ein erster Schritt in die richtige Richtung, da sich die bei der Bundeswehr anfallende Arbeit mit viel weniger Personal bewältigen ließe, welches natürlich im Gegenzug höhere Bezüge erhalten müsste. Ein grundsätzliches Problem ist jedoch, dass die Bundeswehr kaum „als Armee" gefordert wird. Deutschland können wir zur Zeit passiv verteidigen – also durch die bloße Existenz der Bundeswehr, denn wer sollte uns, von Freunden umgeben, jetzt angreifen? Schnell wurden daher alternative Einsatzmöglichkeiten gefunden wie etwa Katastrophenhilfe bei Hochwasser oder humanitäre Einsätze in Krisengebieten. Selbst die zahlreichen Auslandseinsätze fordern die Armee jedoch nicht in der Art, für die sie ursprünglich immer gedacht war: Zur Verteidigung des Heimatlandes!

DN: Frauen bei der Bundeswehr – ein Problem?

MP (grinst): Wenn, dann zumindest nicht mehr meines! Aber im Ernst, was in vielen anderen Armeen völlig normal ist sollte bei uns auch funktionieren, zumindest irgendwann. Als im Januar '01 erstmals Frauen in den kämpfenden Einheiten zugelassen wurden, hatte ich ja schon fast die Hälfte meiner Dienstzeit rum. Im gesamten AGA-Sechstal (Januar / Februar) kamen jedoch nur etwa 12 Frauen zu uns. Manche offenbar nur aus Prinzip **weil** sie jetzt durften, obwohl eigentlich schon klar war, dass sie hier keine Sonne mehr sehen würden, andere hingegen waren wahre Kämpfernaturen und hätten auch manch männlichen Kameraden locker in die Tasche gesteckt. Ursächlich hatte eine Frau vor dem Europäischen Gerichtshof dafür geklagt, dass Frauen auch in den „kämpfenden Einheiten" zugelassen wurden. Da zahlreiche Zeitungsredaktionen offenbar ihre Hausaufgaben nicht richtig gemacht haben, sei an dieser Stelle darauf hingewiesen, dass es im Sanitätsdienst sowie im Militärmusikdienst schon seit jeher Frauen gegeben hat. Schlagzeilen wie „Erstmals Frauen in der Deutschen Bundeswehr" waren daher völliger Quatsch! Der Beschluss des Europäischen Gerichtshofes sah nun vor, dass Frauen generell zum Bund „dürfen", Männer jedoch nach wie vor „müssen". Dies führte auch zu einem Fall, in dem zwei Frauen ihren Dienst sofort nach dem ersten Geländetag wieder quittierten. So manch männlichem Kollegen konnte man ansehen, dass er es ihnen am liebsten gleich getan hätte. Ich muss zugeben, dass ich zumindest in diesem Punkt die „europäische Gerechtigkeit" nicht verstehe – mein Abitur reicht dazu offenbar nicht aus ...

DN: Wenn man Ihr Buch so liest, fragt man sich doch eigentlich: Will der damit jetzt Leute animieren, zum Bund zu gehen, oder möchte er den Leuten eher davon abraten? Sie geben nie eine direkte Empfehlung, obwohl man doch schnell zu der Ansicht kommt, dass Ihr Gesamteindruck eher negativ ist?

MP: Eine Empfehlung zu geben war nie meine Absicht! Mir ging es darum, einen Einblick zu geben, wie der Wehrdienst ablaufen könnte. Grundsätzlich halte ich es für sehr wichtig, dass jeder seine Entscheidung selbst fällt. Ich kann nicht leugnen, dass ich wesentlich positiver an meine Bw-Zeit zurückdächte, wenn u.a. diese „Beförderungsgeschichte" nicht gewesen wäre. Aber auch ohne sie bliebe immer noch ein etwas fader Beigeschmack. Dennoch ist mein Fall nur ein „Schicksal" von vielen. Der Wehrdienst könnte also theoretisch auch gänzlich anders ablaufen, jedoch zeigten mir meine Gespräche mit Bekannten, die ebenfalls beim Bund waren, dass es ihnen sehr, sehr ähnlich ergangen ist. Ich möchte die Leute daher zum Nachdenken anregen. Sie sollen einen Einblick in meinen „grünen Alltag" erhalten und sich danach selbst überlegen, ob das was für sie wäre, oder eher nicht. Ich möchte an dieser Stelle anmerken, dass ich mich **für** den Bund entschieden habe, obwohl ich von vier Bekannten die direkte Empfehlung bekam, mich von „diesem verrückten Haufen" besser fernzuhalten. Meine Entscheidung stand jedoch schon lange vorher fest und ich zweifelte sie trotz dieser „Ratschläge" nie an.

DN: Würden Sie also im nächsten Leben wieder zum Bund gehen?

MP: Ein klares „Nein". Auf die Frage, ob ich meine Entscheidung zum Bund zu gehen rückwirkend ändern würde, wenn ich es könnte, aber ebenfalls ein klares „Nein". Die Erfahrungen, die man gemacht hat, kann einem keiner mehr nehmen. Im „nächsten Leben" wäre ich dann aber dennoch interessiert, zu erfahren, was Zivildienst so zu bieten hätte ...

DN: Ist das jetzt also doch ein Ratschlag, den Sie nun geben?

MP (lacht): Nein! Ich kenne doch jetzt nur „die eine Seite". Und wenn man mit dieser nicht hundertprozentig zufrieden war, ist es doch klar, dass man sich beim nächsten Mal eher für das Gegenstück interessieren würde, oder? Ich freue mich über jeden, der seine Entscheidung zwischen Bund / Zivi durch den Einblick, den ich hier gewähre, ändert. Und genauso freue ich mich über jeden, der sich in seiner Entscheidung bestärkt fühlt! Denn in beiden Fällen hätte ich die Leute dazu gebracht, wozu ich sie bringen wollte, nämlich noch einmal genau NACHZUDENKEN, damit ihre Entscheidung auch möglichst die für sie „richtige" wird.

DN: Herr Puch – was ist Ihr Fazit?

MP: Erneut ohne wertend antworten zu wollen: Die Unannehmlichkeiten bei der Bundeswehr haben mich eines gelehrt: Das Zivilleben ist so schön, dass es es definitiv wert ist, verteidigt zu werden. Wie schön „gewöhnliche" Dinge sind wie z.b. in einem schönen warmen Bett zu schlafen, an einem Tisch sitzend mit Besteck zu essen und sich abends entspannt zurückzulehnen – all das weiß man erst zu schätzen, wenn man schon mal darauf verzichten musste. Glücklich derjenige, dessen Verzicht „nur" zeitlich begrenzt ist ...

DN: Herr Puch, ich danke Ihnen für diese klärende Stellungnahme.

MP: Prosit – möge sie nützen!

Besonderer Dank an:

- Meine Mutter – für ihr umfassendes, kritisches Lektorat

- Meinen Bruder – für seine unschätzbar wertvolle Hilfestellung beim Umgang mit der professionellen Layoutsoftware LATEX, mit der letzten Endes dieses Buch erstellt wurde

- Die Deutsche Bundeswehr und ihre Angehörigen – ohne die der Großteil der „herrlichsten" und unglaublichsten hier geschilderten Situationen niemals denkbar gewesen wäre (worüber hätte ich denn dann schreiben sollen!?)

- Die RWE – für die ausreichende Bereitstellung sauberer Kernenergie, deren Zuverlässigkeit es zu verdanken ist, dass ich für die Inbetriebnahme meines PCs nicht „in die Pedale treten" musste ...

DANKURKUNDE

IM NAMEN DER
BUNDESREPUBLIK DEUTSCHLAND
SPRECHE ICH

dem

Obergefreiten
Puch Martin

DANK UND ANERKENNUNG FÜR DIE

zuletzt bei 1./gem Lazarettregiment 11

GELEISTETEN TREUEN DIENSTE AUS

49584 Fürstenau im Juni 2001

FÜR DEN BUNDESMINISTER DER VERTEIDIGUNG

Der Kommandeur des gem Lazarettregiment 11

Dr. [Unterschrift]